パパとママのぜんぶがわかるせつめいしょ

フランソワーズ・ブシェ㊕ / 原 正人㊖

はじめに

この本の作者には子どもが22人もいます。

（そのうちふたごが6人、三つ子が9人も！）

作者のおうちの洗面所のようす

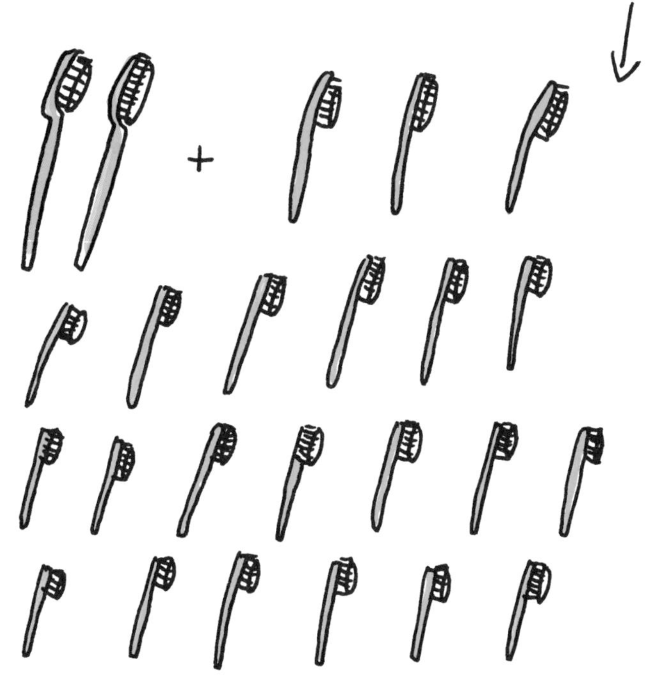

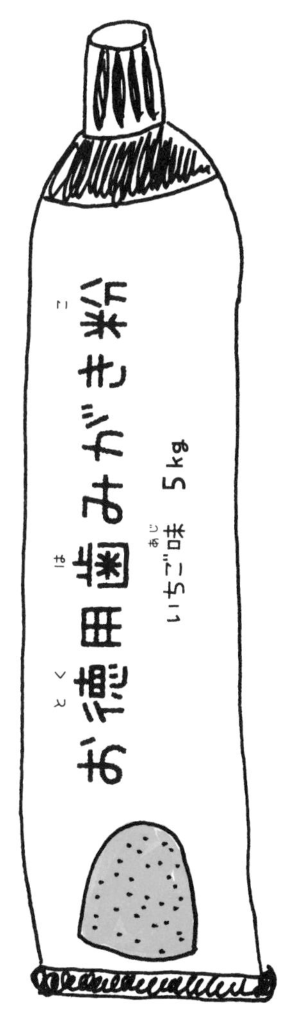

…22人というのはジョークだよ！（本当は4人）

こんなふうに、この本にはいろいろなジョークが出てくるから、楽しみながら読んでね。

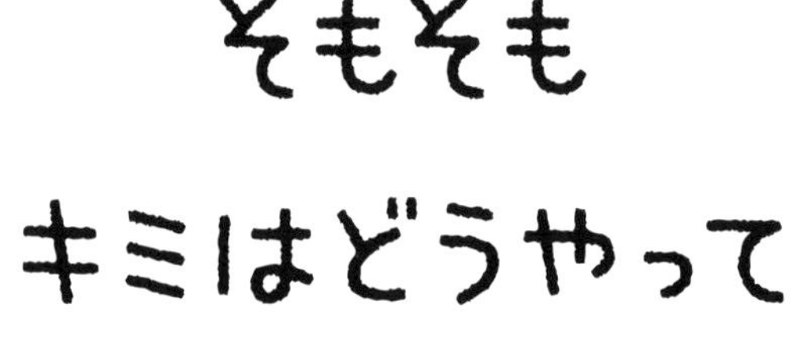

そもそも

キミはどうやって

パパとママのところに

やってきたんだろう？

えっ!? キミのパパとママに

ぜんぜん似てない、って？

でも、この本を読んだらきっと

「うちの両親のことだ！」って思うはず。

パパとママっていうのは、みんな似たようなもんなんだから。

さっそくページをめくってみよう！

大スクープ！

キミが生まれたのは
なんと、パパとママが
愛し合ったからなんだって！

（世界中のパパとママがしていることだよ）

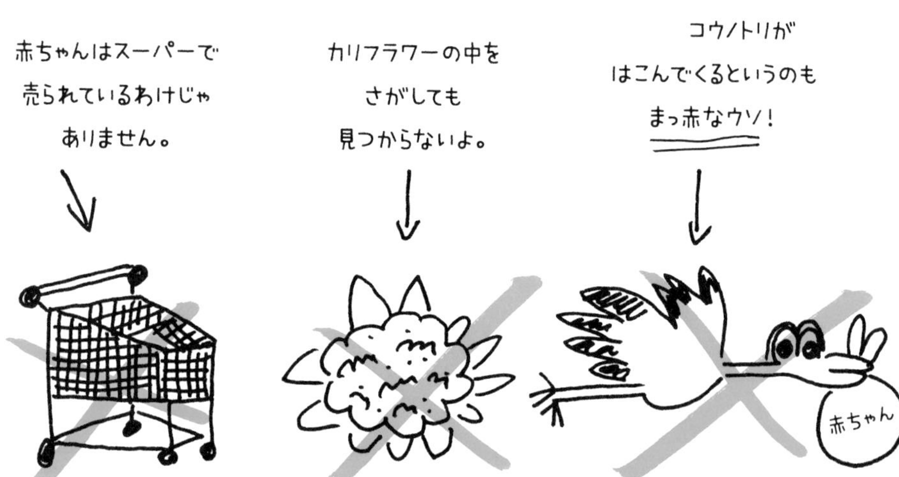

赤ちゃんはスーパーで
売られているわけじゃ
ありません。
カリフラワーの中を
さがしても
見つからないよ。
コウノトリが
はこんでくるというのも
まっ赤なウソ！
赤ちゃん

ああ、好きだ！
わたしもよ！
チュッ
中で何をしているかは
大人になってからのお楽しみ
パパとママがチューしてるところ
アヒルじゃないよ

だいじなポイント

気もちわるい？　とんでもない！

これこそ**生きる**ってことなんだから！

→赤ちゃんがどうやって生まれるのか、もうちょっとくわしく見てみよう。

注：パパの精子とママの卵子が出会うことを受精といいます。

はぁい、わたし、
スーパー卵子。
わたしがいなかったら、
赤ちゃんは生まれないんですからね!!!

こうして精子と卵子が出会って…

9カ月後、赤ちゃんは両親のところへ。

そもそも「親」ってなんなんだろう？

親とは、
時にヘンテコなことをしでかす
ふたりの人間のこと。
頼（たの）まれてもいないのにやってきて、
世界中（せかいじゅう）のだれより
かわいがってくれるが、ときどき
ウンザリさせてくることもある。

── 作者（さくしゃ）がつくった辞書（じしょ）に
こう書いてあるんだからまちがいなし。

パパとママは

どこにでもいる

普通の人間

(のはず)。

みんなと同じような服を着ているし、
言うことだってそんなにおもしろくない。

でも、実はふたりは
特別な生き物なんだよ。

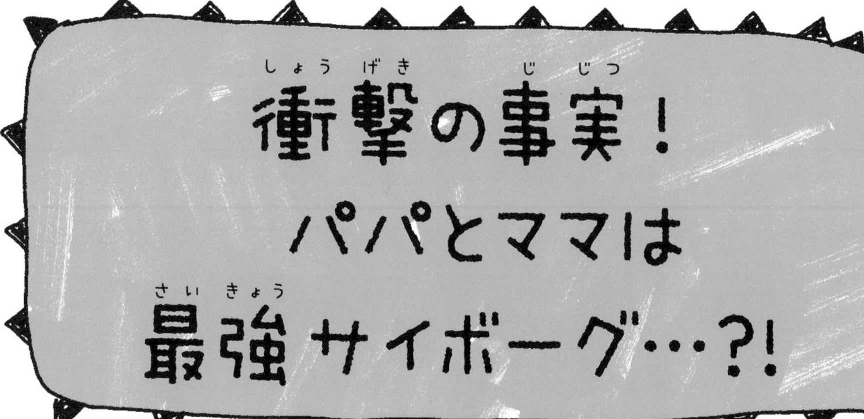

衝撃の事実！パパとママは最強サイボーグ…?!

ピッ

ピッ

ピッ

感情レーダー。
楽しい気もちも
いやな気もちもキャッチ

家族の体調を
管理するセンサー

ソンナ
コトハナイ！

ピッ
ピッ
ピッ

パパとママとくらべたら、
かの有名なロボマンだって役立たず。

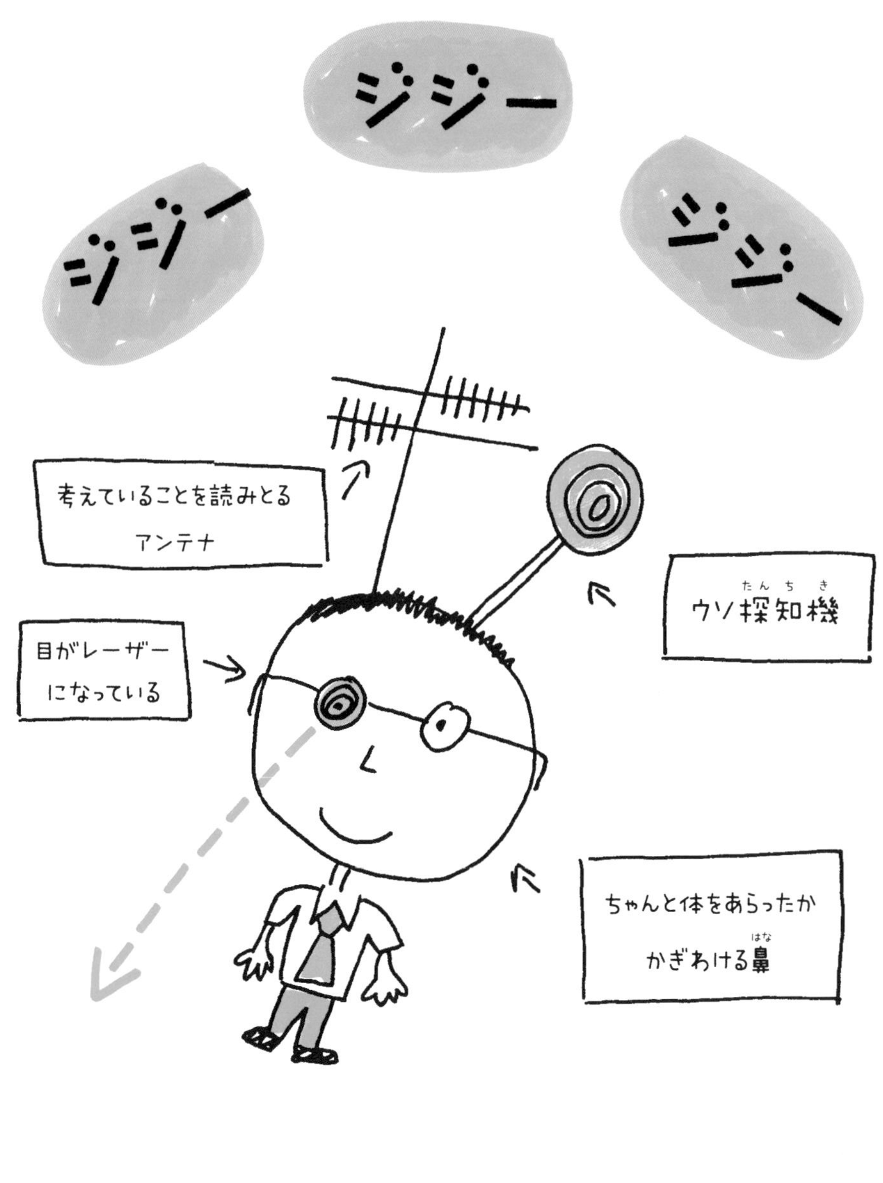

パパとママにかくしごとを
しようとしてもムダなのだ！

そしてなによりパパとママは子どもを24時間愛(あい)しつづける大きな魔法(まほう)の心(ハート)をもっている!!

（たとえ言うことを聞かない子だったとしても）

これがその証拠(しょうこ)（大きさを比較(ひかく)してみよう）

パパとママの心

でっかいマンモス

何があってもこわれない

お勉強(べんきょう)ができなくても ＋ おねぼうでも ＋ 目つきがわるくても ＋ 足がくさくても ＋ ホウレンソウが食べられなくても ＋ パパとママはそんなきみのことが だいだいだ――いすき。

魔法(まほう)の心(ハート)

電源(でんげん)が
入りっぱなし

昼も夜も子どものことばかり考えている

パパとママは**変身**だってできちゃう。

だれかが自分の子どもにわるさをしようものなら、

子どもをまもるためにわずか１秒で

ヘンシーン！

例：だれかが子どもを

バカにしたりすると…

変身する前	変身した後
ママ	ガルルルルル 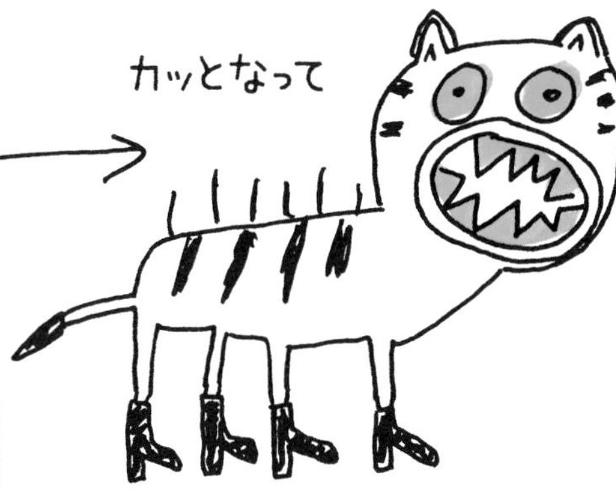 今にもとびかかりそうなトラに
パパ	ガオオオオ  めちゃくちゃ狂ぼうなライオンに

でも、気をつけて。

わるいことばかりしていると、

キミだって無事（ぶじ）ではすまないよ。

パパとママが火をふくドラゴンに変身（へんしん）して、

こわ〜い思いをすることになるかも。

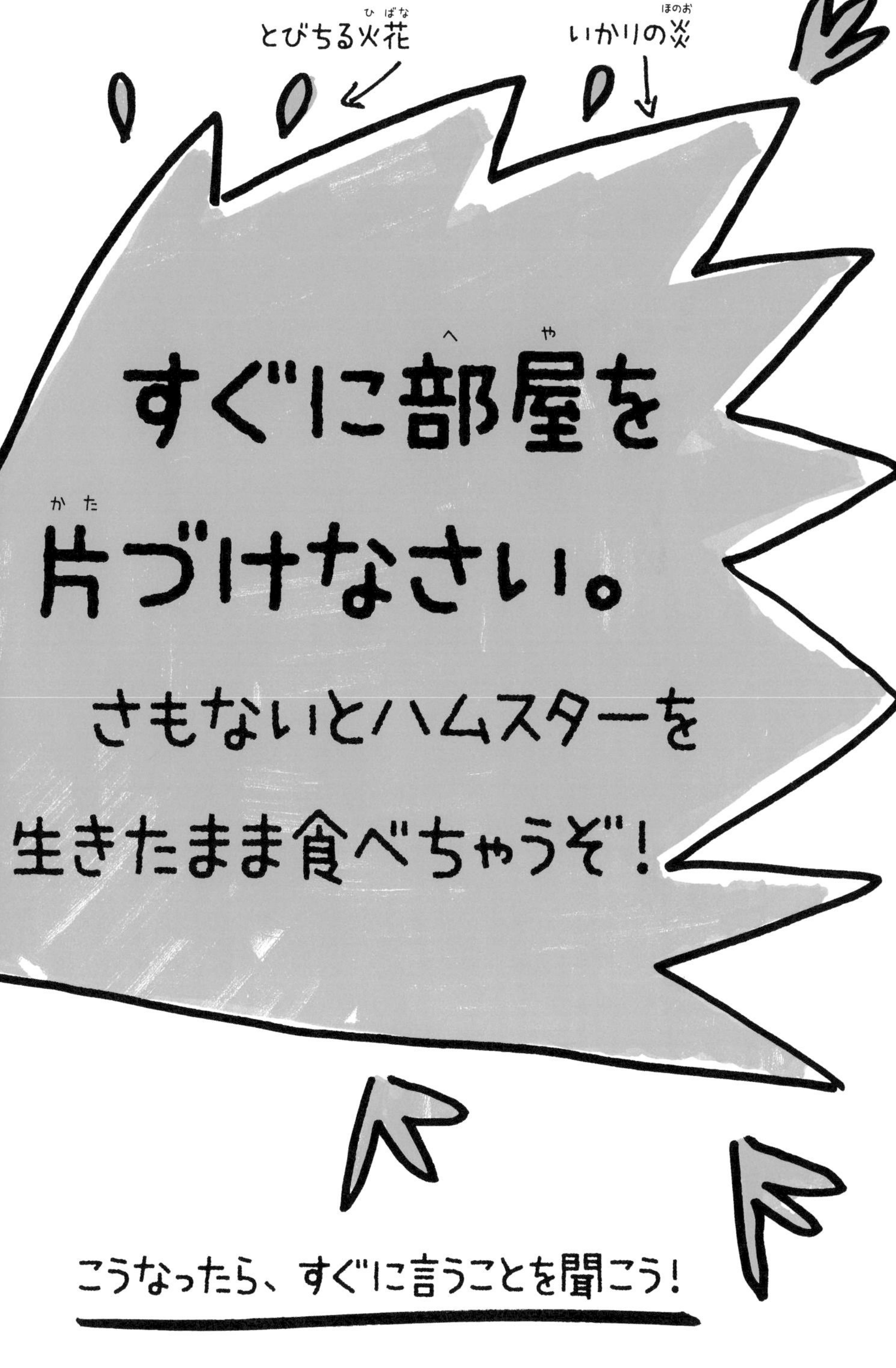
とびちる火花
いかりの炎
すぐに部屋を片づけなさい。
さもないとハムスターを生きたまま食べちゃうぞ！
こうなったら、すぐに言うことを聞こう！

パパとママは**とっても強い**んだから、

何かこまったことがあったら、

絶対に遠慮なんかしないで

相談しようね。

子どもをたすけるためにかくしもっているすごい武器

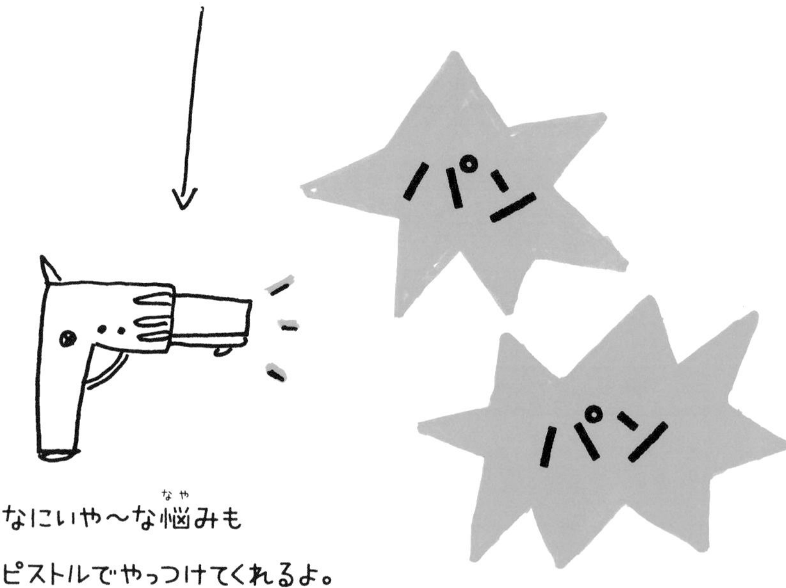

どんなにいや〜な悩みも

このピストルでやっつけてくれるよ。

実は、パパとママの頭の中には、

脳みその代わりに

問題を解決してくれる工場が入っているんだ。

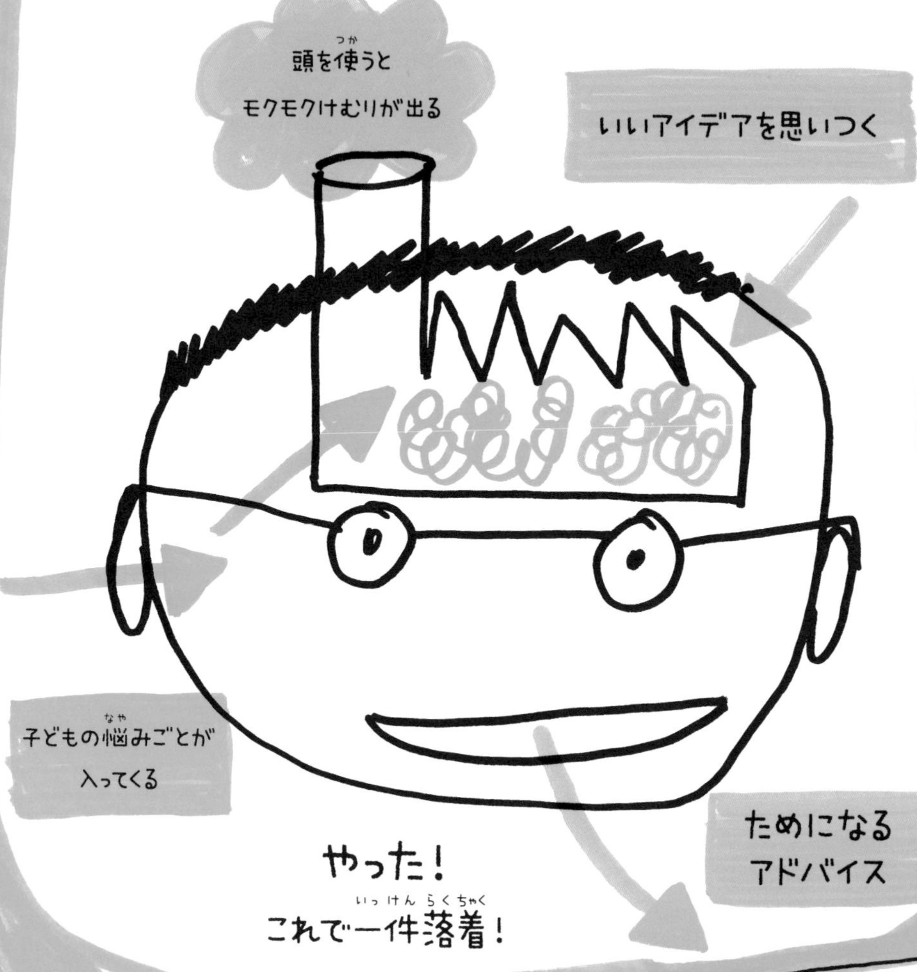

頭を使うと
モクモクけむりが出る
いいアイデアを思いつく
子どもの悩みごとが
入ってくる
ためになる
アドバイス
やった！
これで一件落着！

やれやれ！

パパとママは

ご先祖さまのようなもの。

子どもよりずっと長くこの地球にいて、

人生経験もずっとゆたか…。

パパの友だちのティラノ

（ずっと昔の同級生）

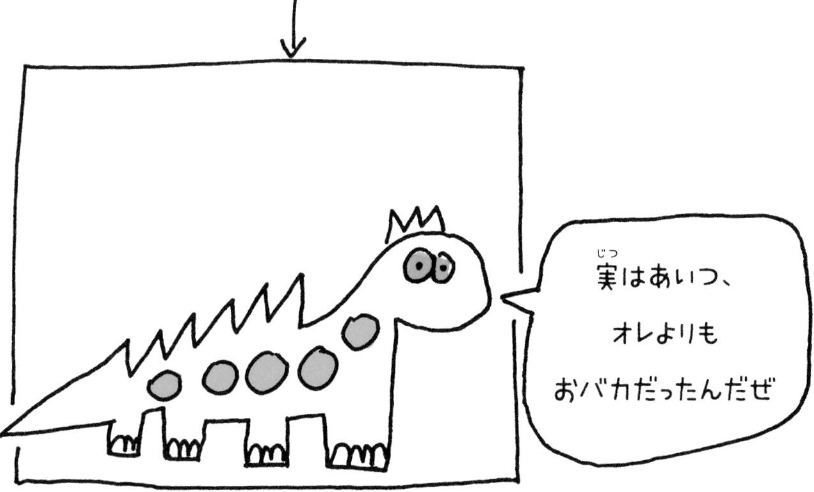

実はあいつ、
オレよりも
おバカだったんだぜ

ウデシロマヌケザウルス

…だから、すごーく頭のいいアドバイスを山ほどすることができるんだ。

原始人みたいなパパとママ

（インターネットやSNS、新幹線、チョコフレーク、コーラなどがなかった時代に生まれたのだろう）

キミは気づいているかな？

パパとママが魔法使い

だってこと。

1 魔法使いになったのはキミが生まれたその時。

（パパとママもびっくり！）

おお、奇跡だ！
世にもすばらしいものを
生みだしてしまった！
ふたりとも落ちついて。
はりきりすぎないで。
きのう生まれたばかりなんだよ
赤ちゃん

2 魔法のしゅるいは、いろいろ。

あ〜ら、ふしぎ。お部屋の中に
ちらかっていたオモチャが、
きれいさっぱり
消えちゃいました！

魔法の呪文をとなえると、ほら、このとおり!!!!

パパとママは無料でいろんなことをしてくれる。

これってほんとにすごいことだよね！

よごれたパンツを洗たく

どんなときでもハグしてくれる

はげまし、なぐさめてくれる

温かい部屋

おいしい朝ごはん

フカフカのベッド

えいようたっぷりで元気が出る食事

大きなテレビ

個性にあった学校をえらんでくれる

心のサポート

スーパーセール

何でも0円！

メーターのない

豪華タクシー！

ガソリン＝パパとママの愛

学校に塾、スイミング、サッカー、バレエ、
映画館、友だちの家……。行きたいところへどこへでも。

パパとママは喜んで何でもしてくれるけど、
ちゃんと「ありがとう」は言おう！

とはいえ、パパとママに

あんまり多くのことを期待するのも考えもの。

よい子は
こんなマネ
しないでね!

ぼくは
ギャングだぞ。
おっきいテレビが
お部屋にほしいから、
今すぐ100万円よこせ!

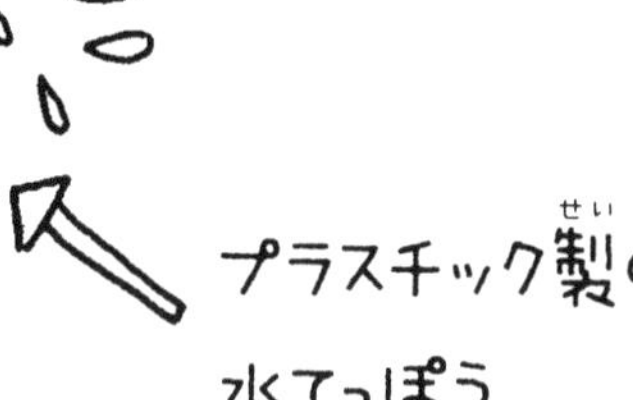

いくらパパとママの気前がよくても、

スーパー億万長者というわけではないからね。

注：もしキミのパパとママが本当に億万長者だったら、
作者もなにか買ってもらおうかな（なんちゃって :) ）

キミにとっては

やっかいなことかもしれないけど、

パパとママはキミに

いちばん合った教育を

うけさせてあげたいって、

強くねがっているんだ。

教育なんて何の役に立つんだろうって思う人は、

次のページを見てね。

自分にいちばん合った
教育（きょういく）をうけた子ども

教育（きょういく）をうけなかった
ブタの子ども

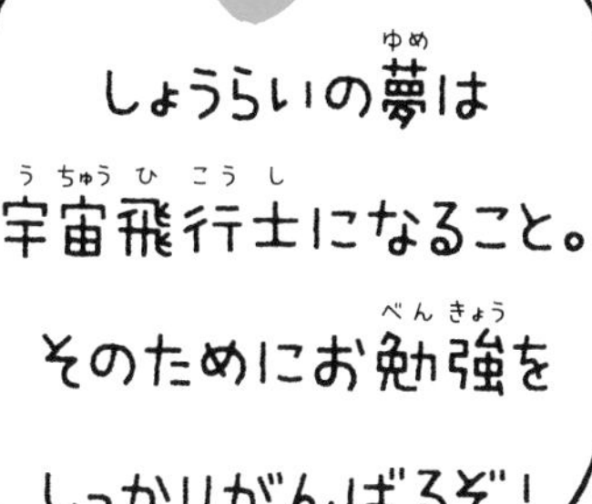

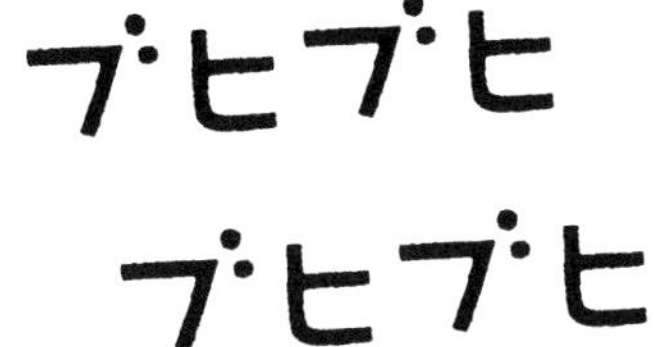

理科のじゅぎょうが
いつも楽しみ

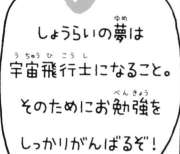

ね、わかったでしょう???

このページを読めば、キミがどんなに
やんちゃでもパパとママがキミを
世界中のだれよりも愛している
のがわかるはず！

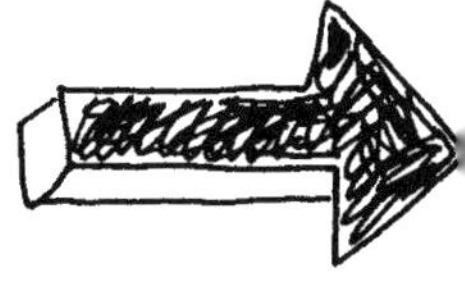

どうも。お子さんをくれませんか？
もちろんタダとは言いません。
楽園への島に１カ月ご招待 ＋
220億ドルのダイヤ ＋
顔のしわ取り手術数回分 ＋
最高にかっこいいスポーツカー
でいかがでしょう？

契約

← 誘惑をたくらむおそろしいヤツ

あんた
何言ってるの？
ふざけたこと
言わないで!!

でも、パパとママの一番いいところといえば、
やっぱりこれ。

パパとママは
子どもが毎日
なるべく幸せ
にすごせるように、
いろいろなことを
してくれる。

パパとママとくらべたら、サンタクロースなんてペテン師(し)みたいなもの。だって、年に１回しか来てくれないんだから。

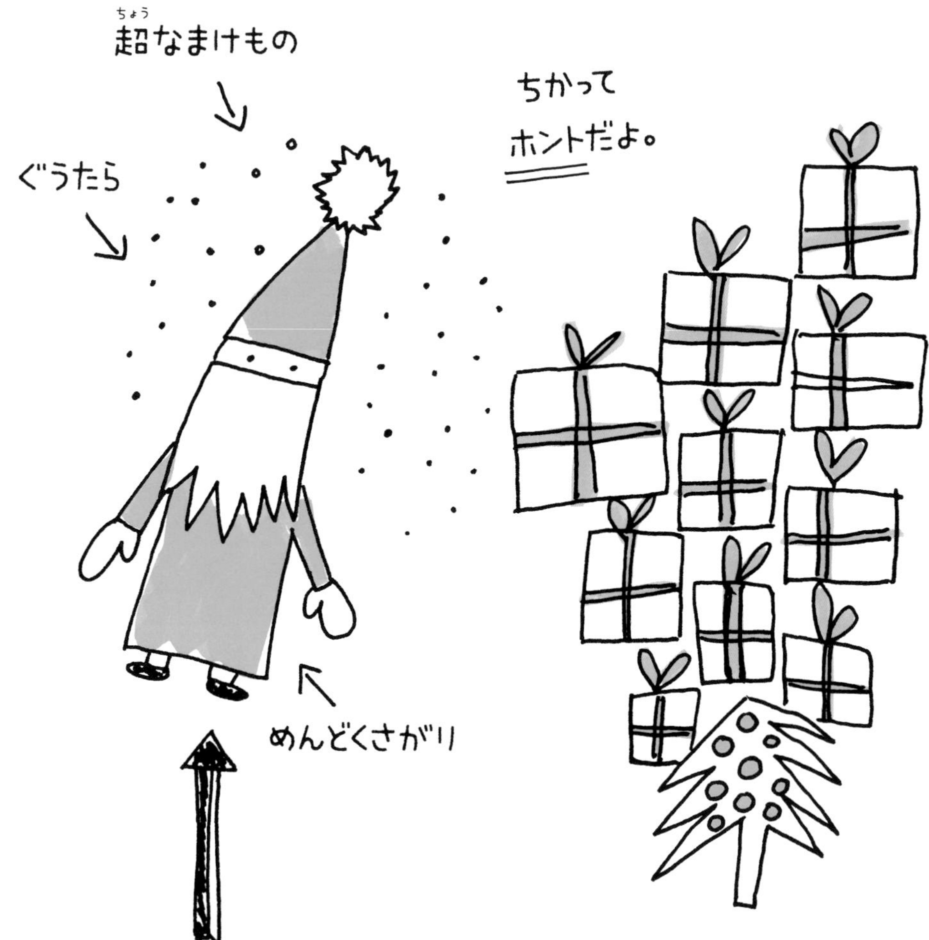
超(ちょう)なまけもの
ちかって
ホントだよ。
ぐうたら
めんどくさがり
クリスマスの日しか、はたらかない

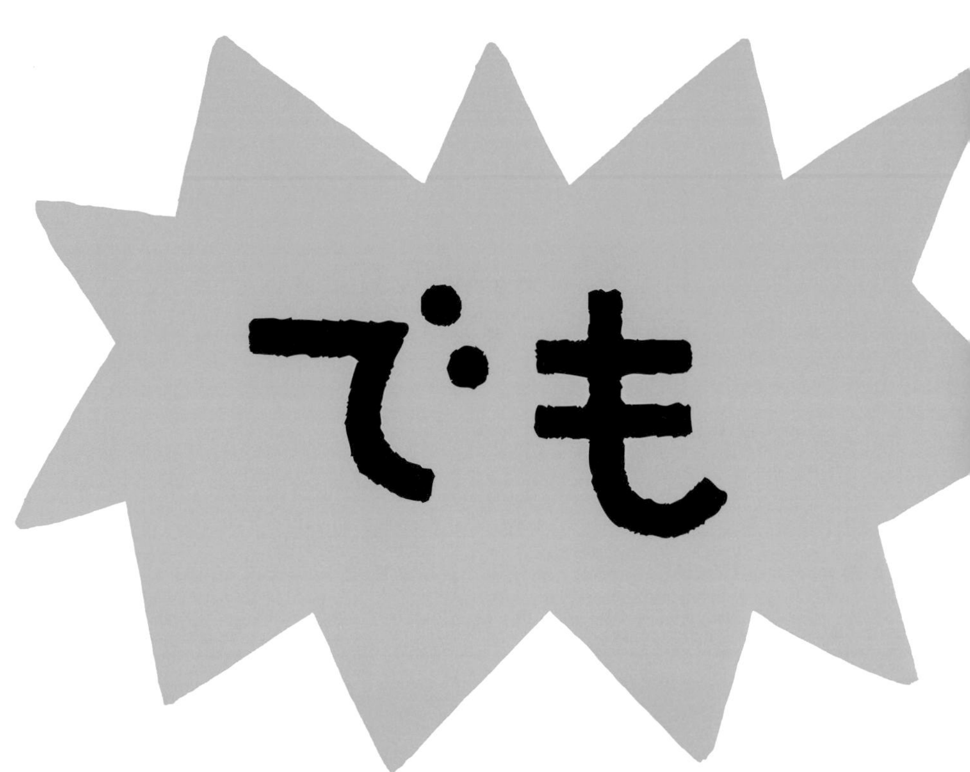

いいところがたくさんあっても、
パパとママにイライラしちゃう
ことってよくあるよね。

心配しないで。それは

当たり前のこと

なんだから。

どんな子どもでも
そんな気もちになることは
あるんだよ！

悲しいおしらせ

超カンペキな
パパとママというものは
存在しません!!!

(超カンペキな子どもだっていないよね)

ざんねん!

いつもニコニコおだやか

子どもたちのことをいつも
100% 理解している

理由もないのに
おこったり
絶対にしない

いつも
チョコレートを
買ってくれる

一年中
ネズミーランドで
暮らすことを約束

子どもをくだらない
展覧会に
つれていったりしない

スゴクイケテル家
の両親

うれしいおしらせ

よかったね！

欠点のあるパパとママのほうがきっと楽しいよ！

パパとママに
しょっちゅう
急かされると、
イライラしちゃうよね。

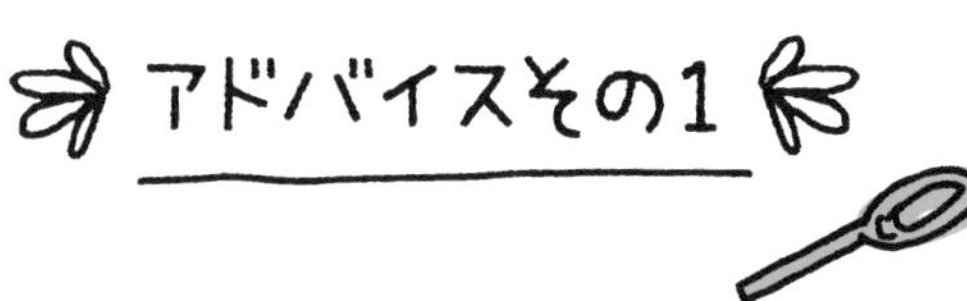

アドバイスその1

がまんできなくなったら、
パパとママに
ウルサイ・ダマレ薬を
ひとさじ飲ませましょう。

あるいは
オトナはオトナシク剤の
カプセルを一つ。

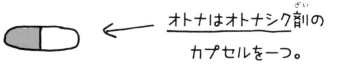

アドバイスその2

わたしを
急がせるのは
今すぐ
やめてくれる?

って言ってみよう

火事でもおきた?
電車に乗りおくれそうとか?
だいじな待ち合わせでもあるの?
ロケットでも発射されるの?
I♥のんびり
ジリリリリリン!
ジリリリリリン!
ジリリリリリン!

どうして
パパとママって
お行儀(ぎょうぎ)に
うるさいんだろう？

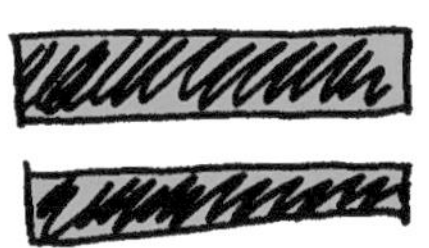

答えはかんたん。

パパとママはキミを自分と同じ

たいへんな目にあわせたくないんだ。

有名なハナノ・アナーニ・ユビオさん。

現在102才のおじいさんですが、

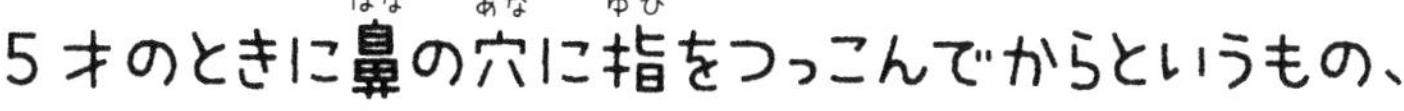

5才のときに鼻の穴に指をつっこんでからというもの、

ずっとそのままですごしています。

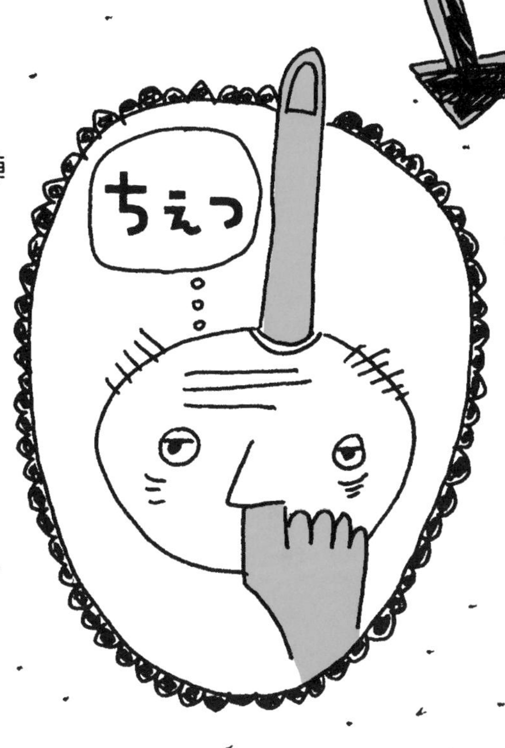

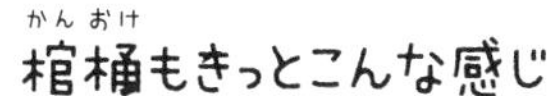

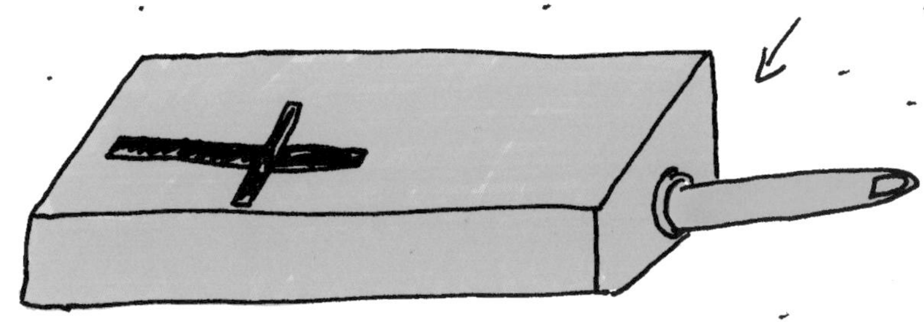

最新の食器洗い機とみんなのちがいはなーんだ？

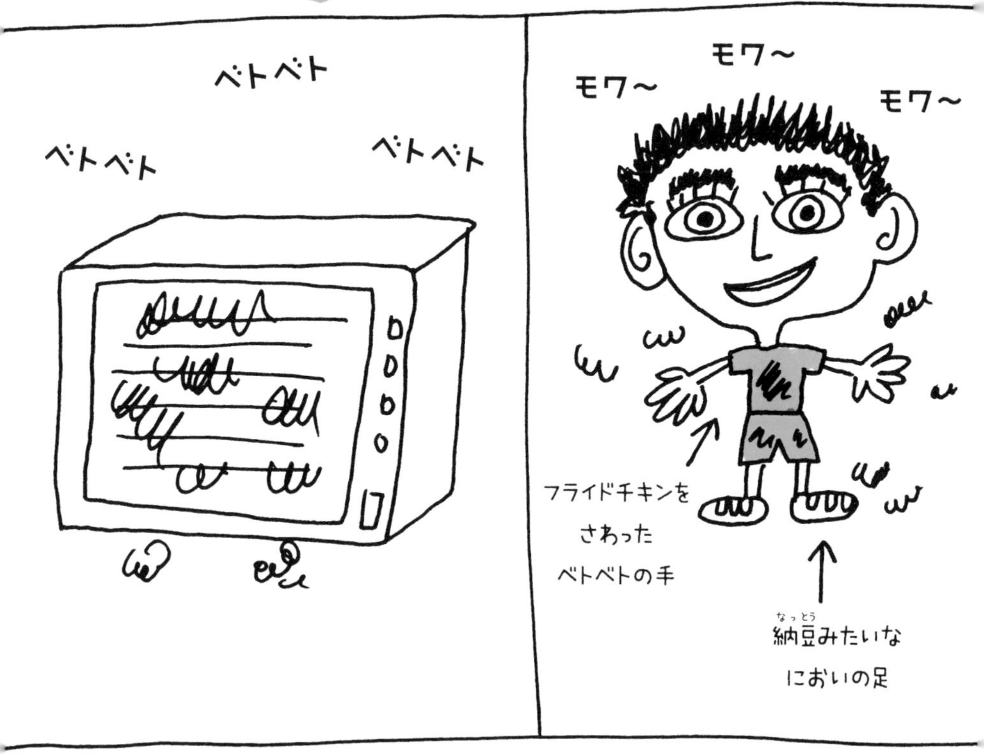

ベトベト

ベトベト

ベトベト

モワ～

モワ～

モワ～

フライドチキンを
さわった
ベトベトの手

納豆みたいな
においの足

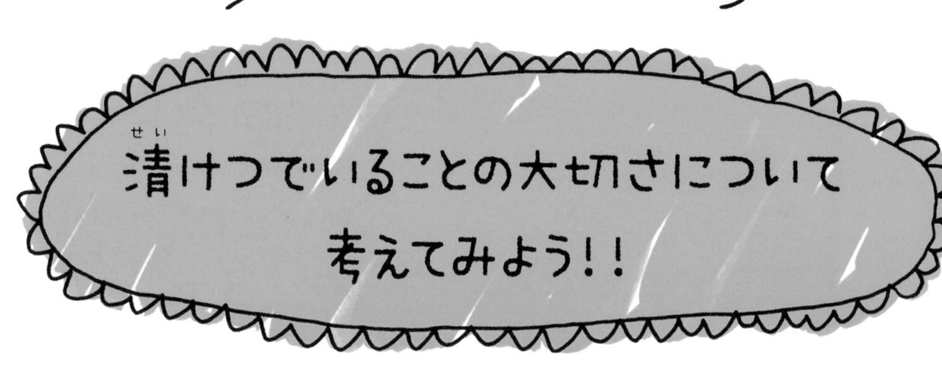

清けつでいることの大切さについて
考えてみよう!!

食器洗い機は
ボタンをおすだけで
すべてキレイになるけど…

子どもは
ちがうって
こと！

ざんねん！

だからパパとママは手や体を洗うように
口うるさく言うんだ。
パパとママの言うとおりにしたほうがいいよ。

パパとママがわざといじわるを

言ってくるって思ったことない？

（例えば、**歯医者さんに行け！**とか）

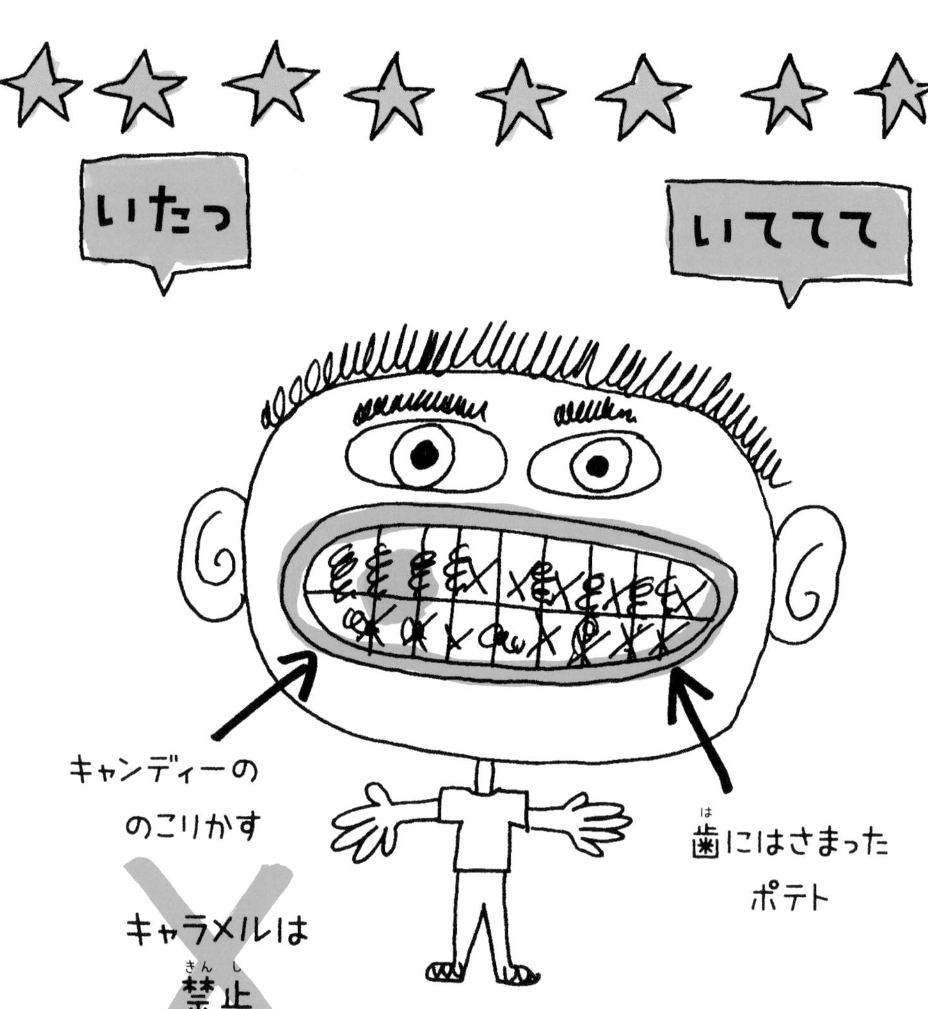

でも、キミが大人になったら、きっと

パパとママにかんしゃすることになるよ！

ハリウッドスターに

なったキミ

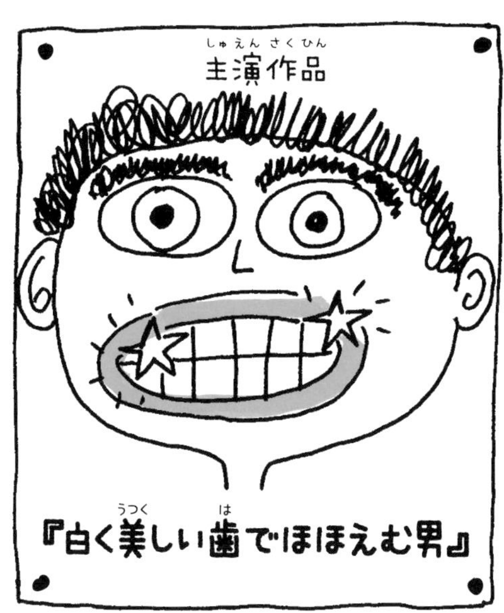

主演作品
『白く美しい歯でほほえむ男』

あるいは大金もちになって

歯みがき粉のコマーシャルに出ているかも。

ただいま発売中!!

子どもに大人気の
すごいマシーン。
クリスマスプレゼントに
うってつけ！

パパとママをもう一回子どもにもどして、
子どもの気もちを**200%**わからせるマシーン。

大人のパパとママ

子どもに戻ったパパとママ

パパとママはときに

とてもしつこいもの。

でも、

イライラしないで。

それはキミのことが

大好きだから

なんだ。

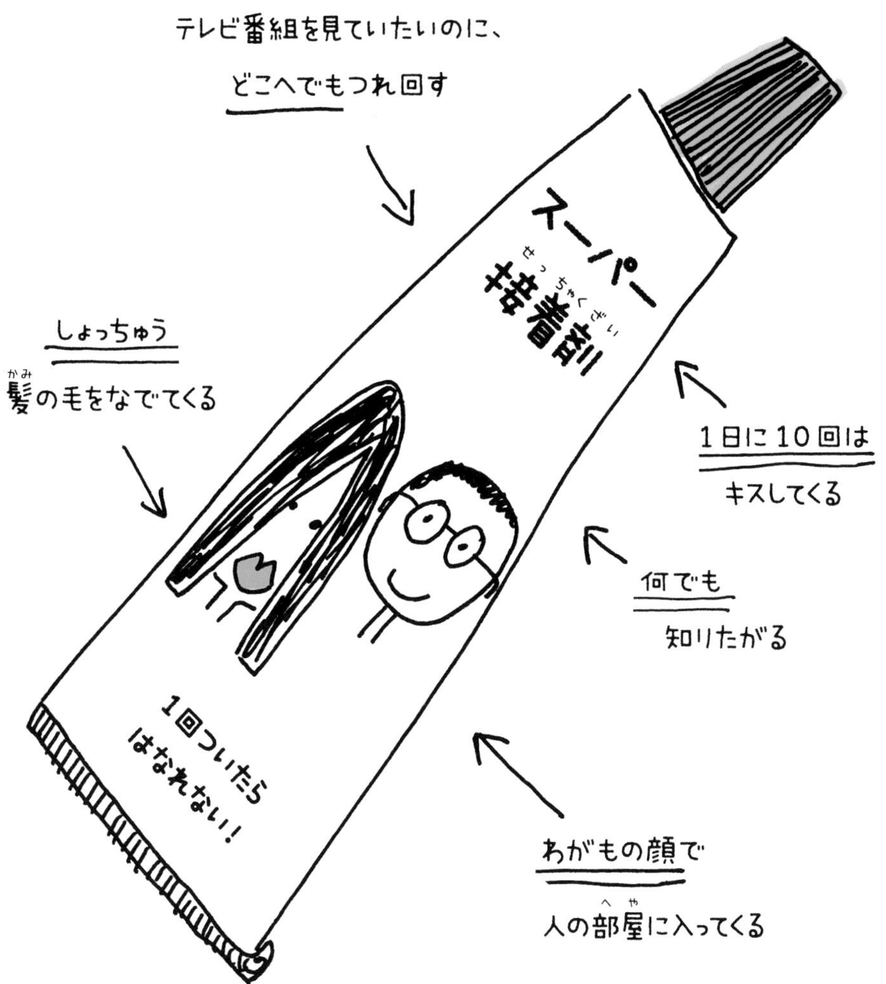

ひとりでおもしろい
テレビ番組を見ていたいのに、
どこへでもつれ回す
スーパー接着剤
しょっちゅう
髪の毛をなでてくる
1日に10回は
キスしてくる
何でも
知りたがる
1回ついたら
はなれない!
わがもの顔で
人の部屋に入ってくる

時にはスパイすることも!

次のページがその証拠。

はじめてのおつかいの裏側(うらがわ)は、

こんな風になっていた!! ジャジャーン!

目がカメラレンズになった
ニセ歩行者(ほこうしゃ)
家を出ました。
どーぞ
ママはかべにかくれながら、
パンやさんと
トランシーバーで通信(つうしん)
キミ
レーダー犬
スタッフがかくれている
小型(こがた)トラック。なにかあれば
すぐにかけつける!

注：だからといってパパとママをうらんではいけないよ。

ただキミのことが心配なだけなんだ。

（でも、20才すぎても同じようなことをしているようなら、**さすがにまずいかも**）

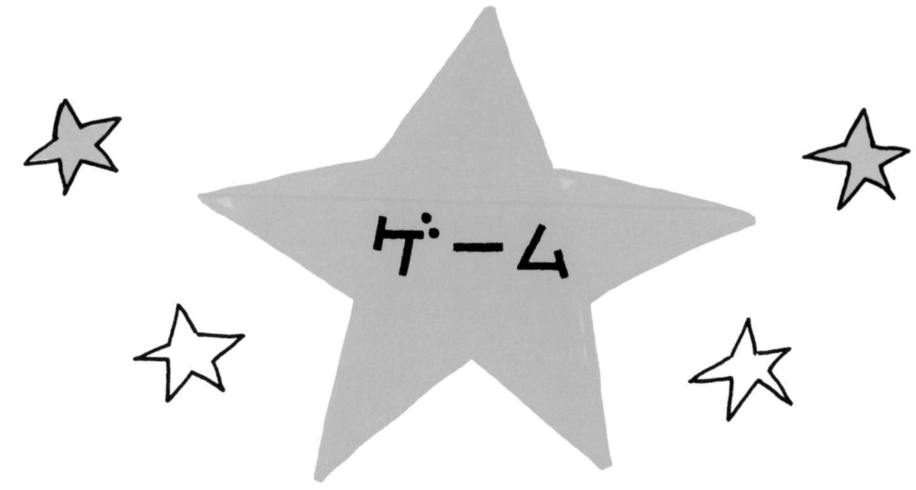

右のページには、いつもとちがうところが

3つあります。さて、どこでしょう？

1：ママに足が３本ある。

2：パパに目が３つある。

3：何をしてもパパとママが「いいよ」と言っている。

こんなこと起（お）きっこない。それでいいんだ。

だって、何をしても「いいよ」と言われたら、どんどんわるい子になっちゃうでしょ？

いいよ いいよ いいよ

いいよ いいよ

いいよ いいよ いいよ

いいよ いいよ いいよ

いいよ いいよ

だからといって、いつも

「ダメ」って言われるのもイヤだよね。

そんなとき、

こんな本があったらべんりじゃない？

頭のかたい
パパとママを
やわらかくする
レッスン50

本を読んだパパとママは、きっとこうなるよ！

映画に行きたい？
いいわよ
おやつのおかわり？
もちろんいいさ
開脚
ブリッジ

パパとママってどうして子どもを
早くねかせたがる
んだろう？
まだ日がくれていないのに
ねなさいって言うことも
あるくらい。
グー
スピー
6/21 夕方5:30

ひょっとして毎晩、ねかしつけたあと、

2人で遊びにいっているんじゃ…？

レッツ・ダンス

クレイジー・ディスコ

ロックンロール

もちろんそんなのウソ！

キミが明日も元気いっぱいでいられるように、

じっくり休んでほしいだけなんだよ！

パパとママはこうしなさい、

ああしなさいと言っておいて、

自分では反対のことをする

ときがあるんだ!!

これがその証拠

そんなときはパパとママはキミのお手本なんだって、思い出させよう!

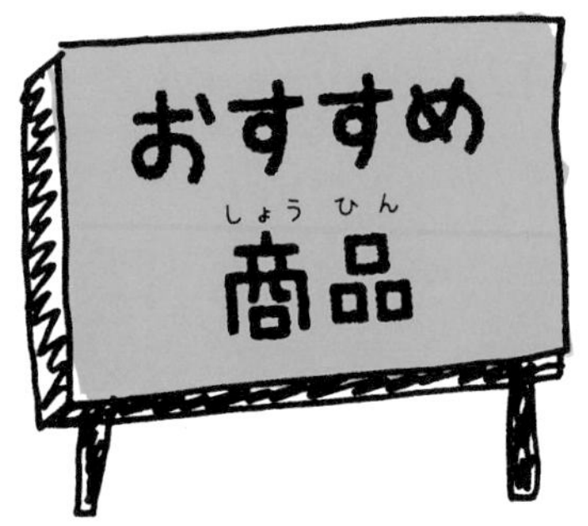

パパとママが自分勝手(かって)でこまる？

そんなときは、この小さな魔法(まほう)のつえをひとふり。

するとあ〜らふしぎ。

パパとママがみにくいカエルに！

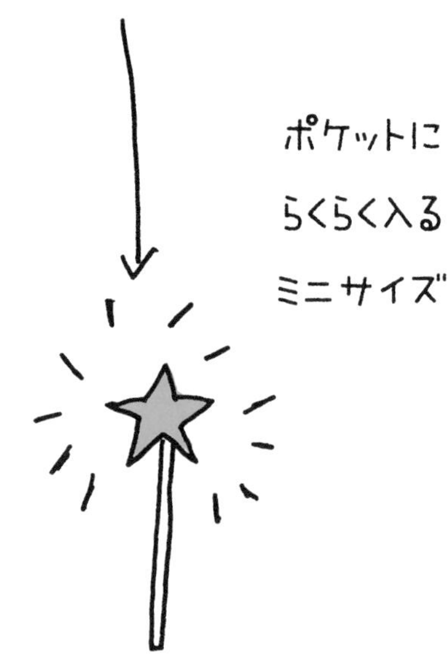

マッチ棒(ぼう)とくらべてみよう。

注：もとにもどしてあげる前に、キミのおねがいを<u>なんでも</u>叶えてくれるよう約束するのをわすれずに。

パパとママは、子どものウソが大キライ。
ウソをつかれると病気(びょうき)になってしまうよ。

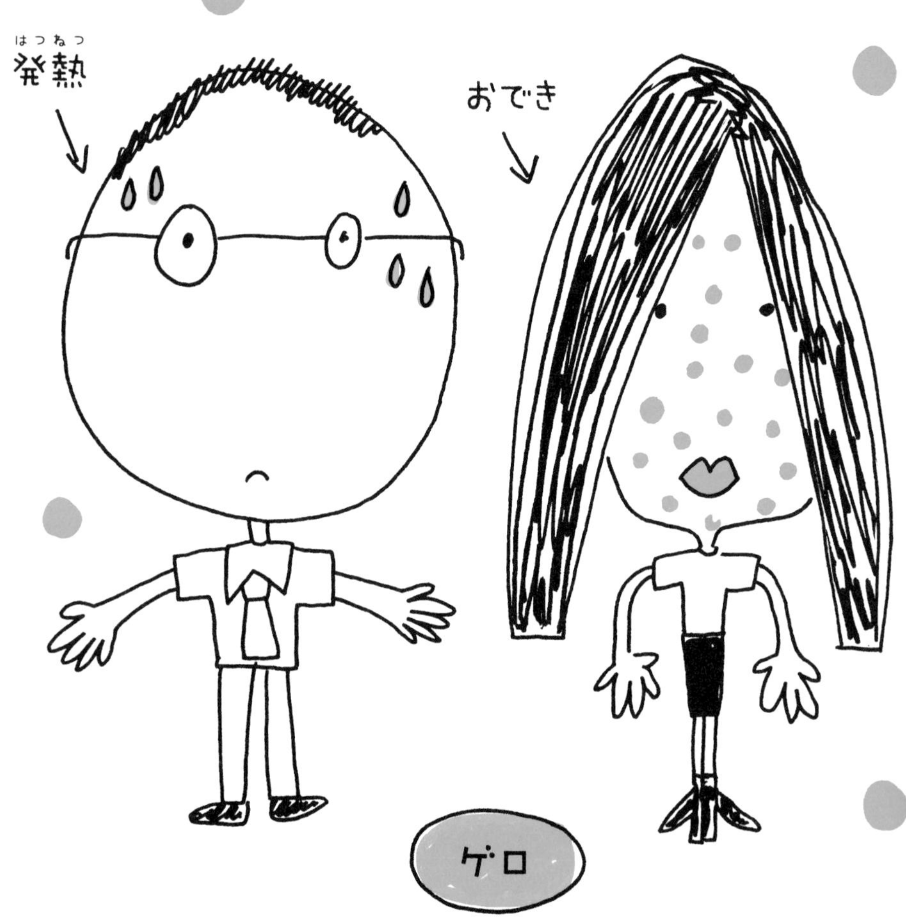

この深刻な病気に

名前をつけるとすると…

急性不信症

（子どものことが信じられなくなってしまう病気）

ウソをつきすぎると、パパとママは病気からなおることができなくなっちゃうかも。いつかキミが本当のことを言っても、絶対に信じてくれなくなっちゃうから気をつけてね！

新年度の始業式

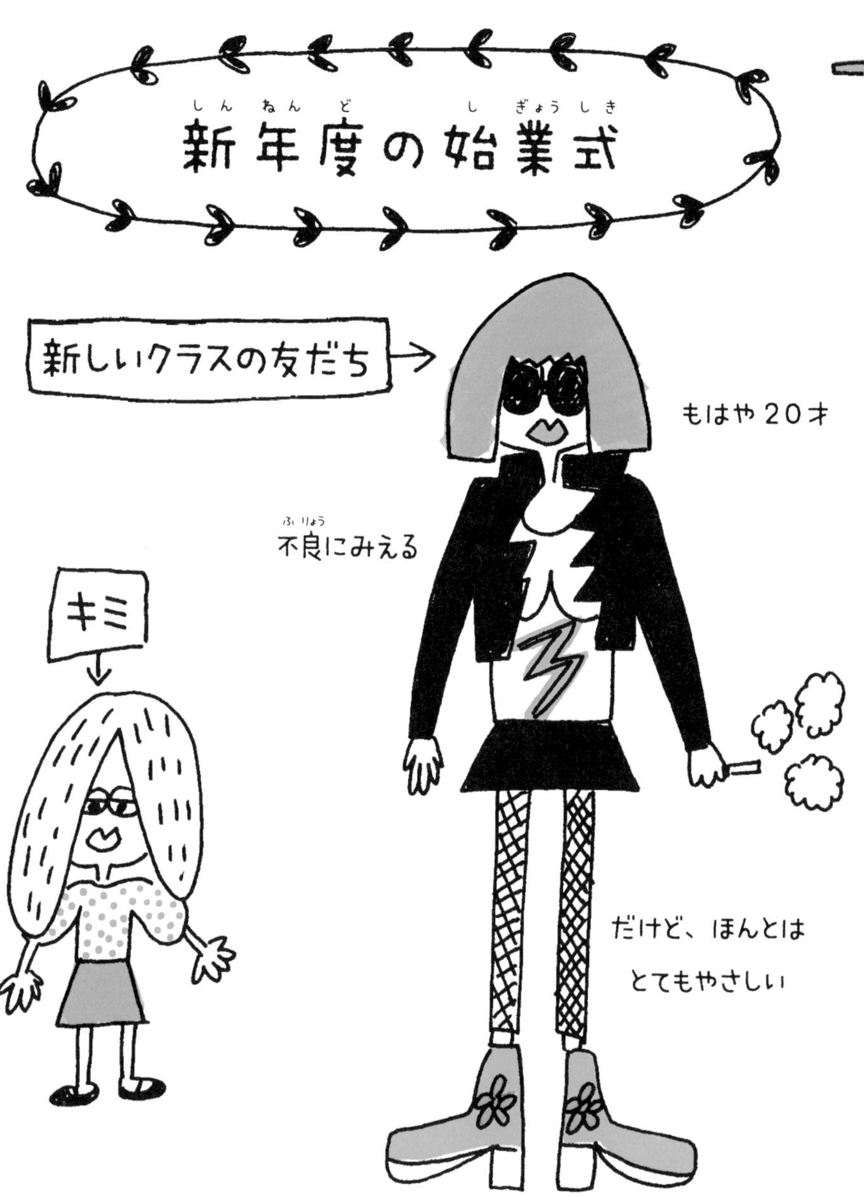

パパとママが**友だち**のことを

くわしく教えろってうっとうしい？

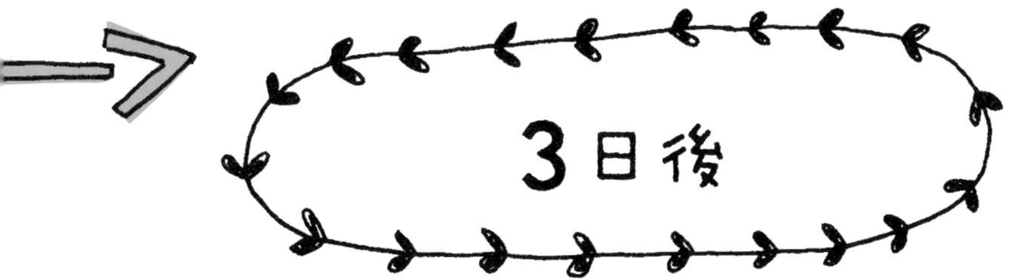

アメをぬすんでつかまったキミ

（もしこうなったら、パパとママは、新しい友だちが

キミをそそのかしたんじゃないかと思っちゃうかも）

パパとママはキミの友だちのことが

よくわからないから、心配（しんぱい）なんだ！

じっくり教えてあげたらわかってくれるよ！

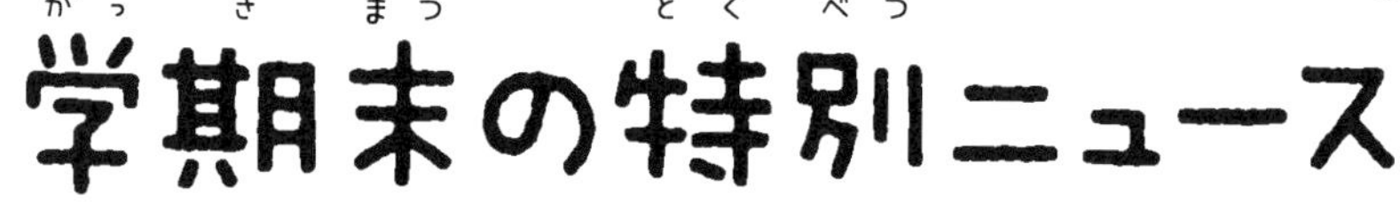

学期末の特別ニュース

パパとママがキミの成績表を見て

きぜつしちゃった!!!!

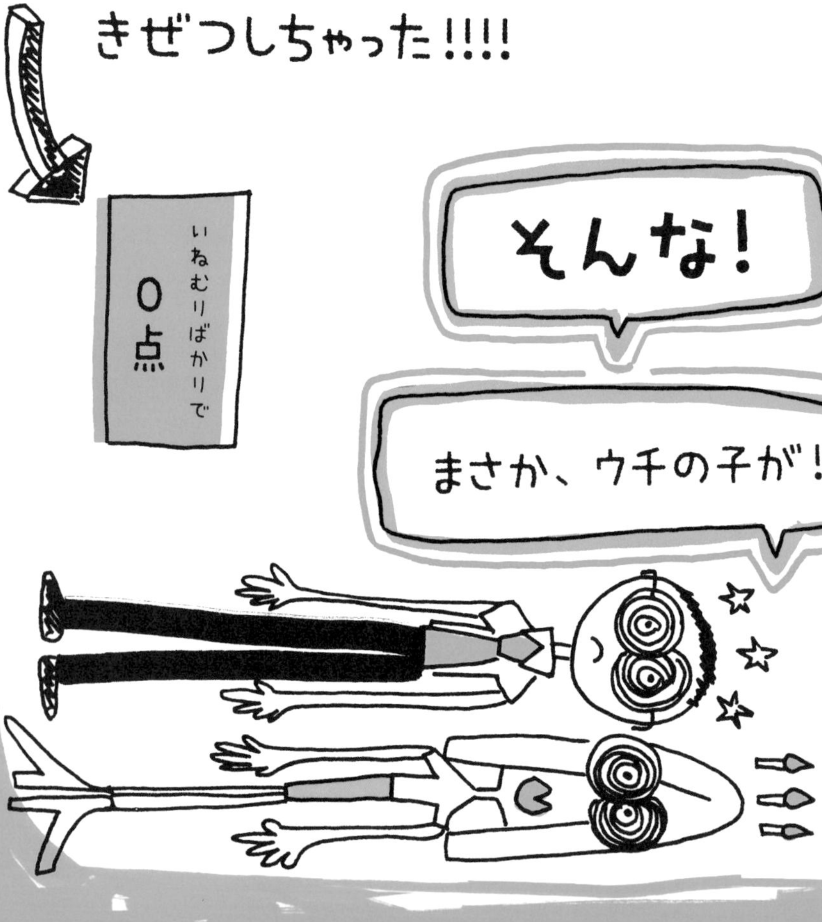

そんなときは…

① まず、強烈なにおいをかがせよう

② それでもダメなら、冷たい水をぶっかけよう

③ 最後の手段は救急車だ

ピーポー　パーポー

特別救急車

ひどい成績表を見て瀕死のパパとママ専用

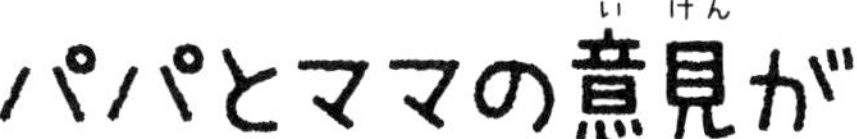

パパとママの意見(いけん)が いつも同じだとはかぎらない！

早く
赤いズボンを
はきなさい。
おじいちゃんと
おばあちゃんの家に
ランチに行くわよ

ズボンのままで
いいよ

こまっちゃうよね～

そんなこと言うなら
次の誕生日に足をもう２本ちょうだいよ！
それがイヤなら、意見を合わせてから言って！

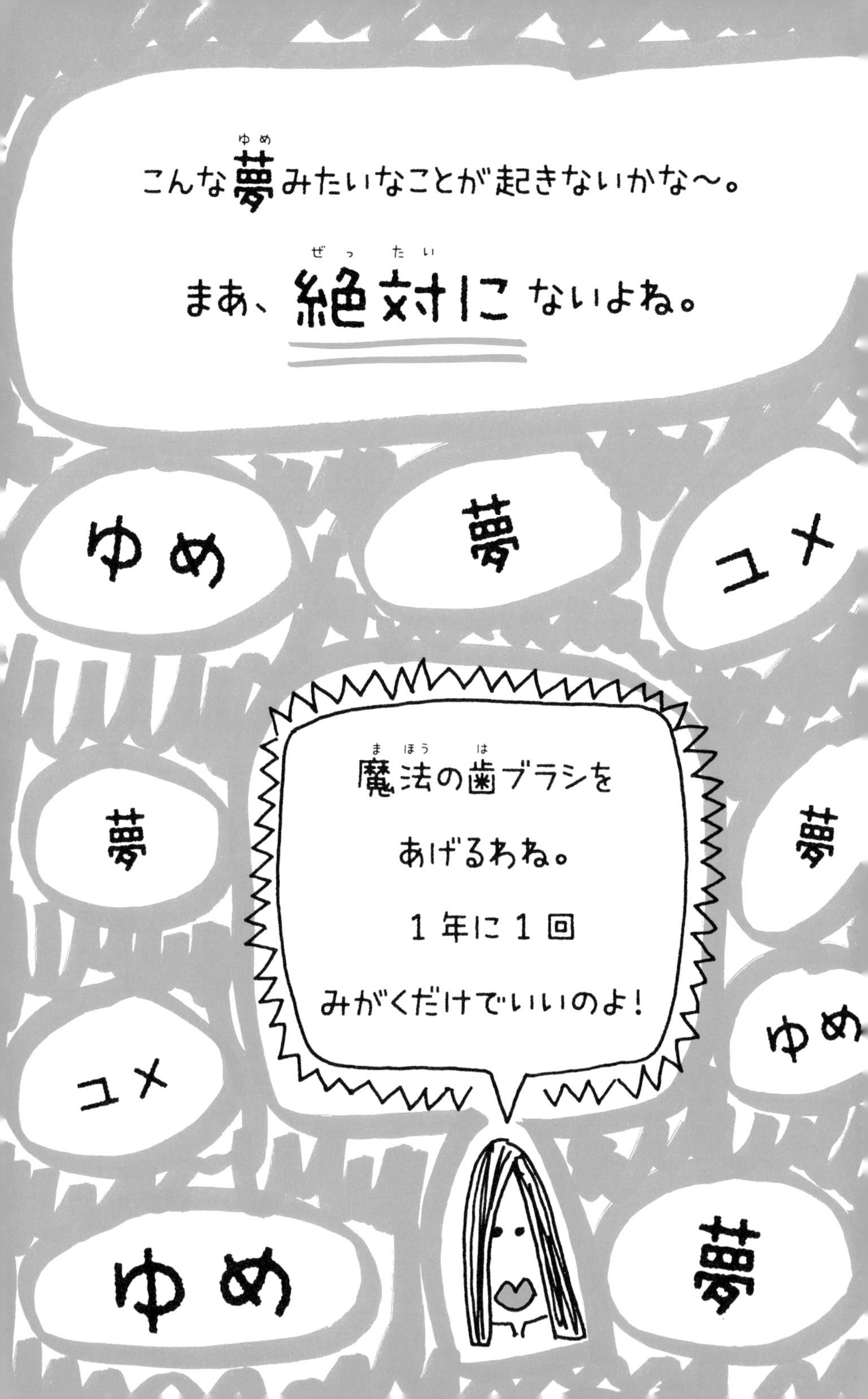

こんな夢みたいなことが起きないかな〜。

まあ、**絶対に**ないよね。

ゆめ

夢

ユメ

魔法の歯ブラシを

あげるわね。

１年に１回

みがくだけでいいのよ！

夢

夢

ユメ

ゆめ

ゆめ

夢

ゆめ
ユメ
夢
ゆめ
夢
よーし、
今週のおこづかいだ。
100万円がいい？
それとも200万円？
ゆめ
夢
夢
ゆめ
ユメ
ざんねん！

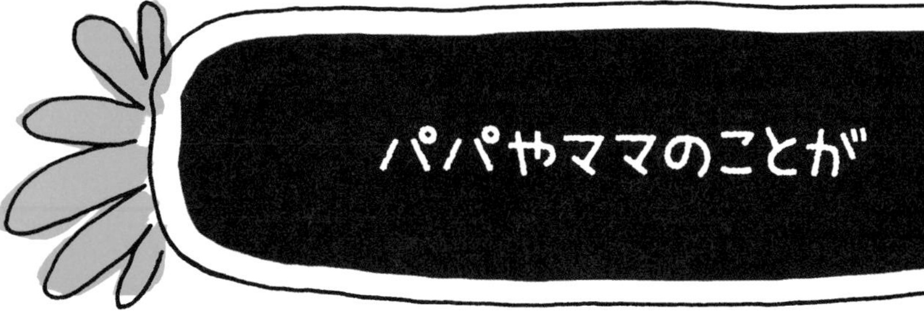

例その1

おほほほほほほほほほ
はははははははは
はははははははははは
ほほほほほほほほほほ
ふふふははひひひはは

みんなの前で
大声でバカわらい

はずかしいって思うこともあるよね。

パパに「うちの子はホントにかわいいなあ」と言われ、

友だちの前でナデナデをされて、まっ赤になっているキミ。

アドバイス

そんなときは、あれは本当の

パパとママじゃなくて、たまたま通りがかった

知らない人なんだ、と友だちに言おう。

パパとママが

ちょっと変(へん)だからって、

あわてないで！

（どんなパパとママにも

変(へん)なところのひとつやふたつ

あるものだよ）

ママのイヤリングが
またないわ

洗面所（せんめんじょ）で大さわぎするママ

だよね

パパとママだっていつも

まじめで責任(せきにん)ある大人を演(えん)じていたら、

つかれちゃう。

変なことを言うママ

わたしの新しいスカート、
どこかしら？

お出かけするから
今夜はピザを
勝手に食べてね

これらは

「もうオトナはイヤだ病」

の典型的な症状。

でも、心配ご無用！　これは世界一楽しい病気なんだから。

（実はこの本の作者もこの病気にかかっているんだよ）

自分がいつもパパとママの生活の中心にいるわけじゃないって知って、がっかりしたことない？

ヤッホー、ヤッホー！

わーい、わーい！

ちょっと海外旅行（りょこう）してくるね～

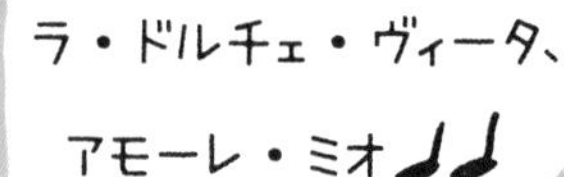

ラ・ドルチェ・ヴィータ、
アモーレ・ミオ♩♩

そんなときは…

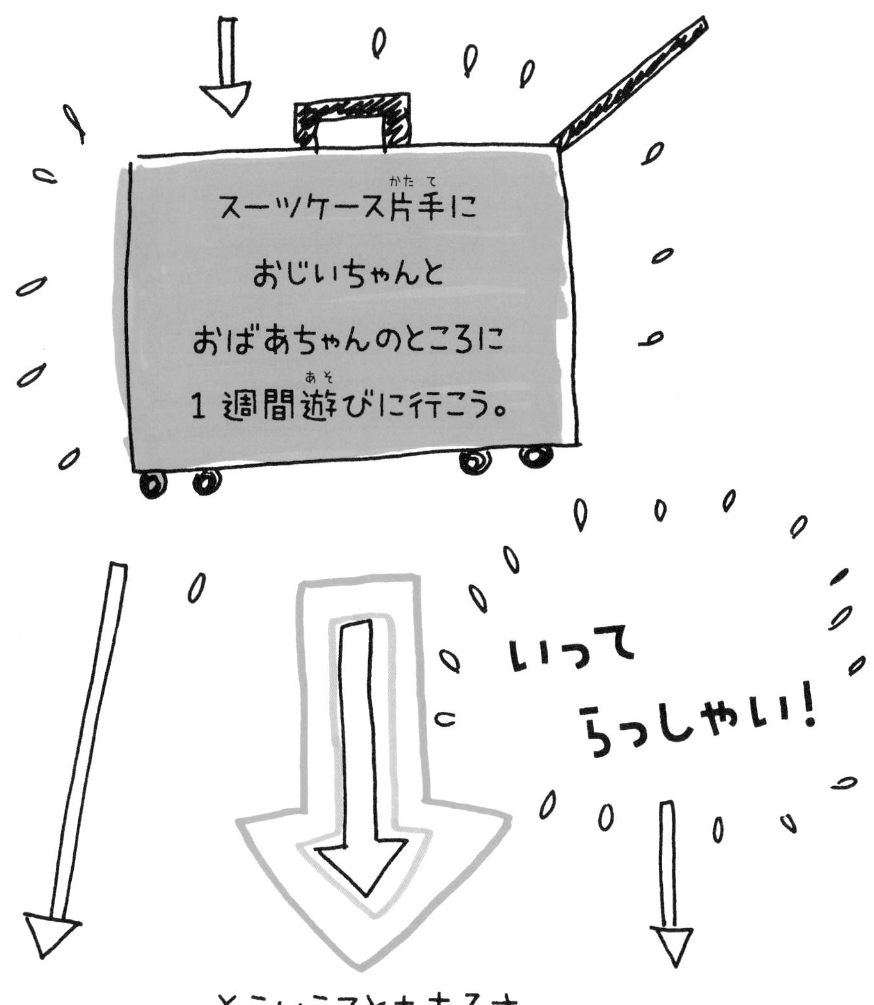

スーツケース片手に
おじいちゃんと
おばあちゃんのところに
1週間遊びに行こう。
いって
らっしゃい!

そういうこともあるさ。

パパとママだって人間だし、夫婦なんだ。

キミのパパとママである前にね。

★★★★★★★★

大いなるナゾ

パパとママは
いつも
おんなじじゃない。
きげんが
いいときもあれば
悪いときもある。

ある日、とても元気で、ウキウキ楽しそうに見えたかと思えば…

次の日には顔色がひどく、きげんがわるそうに見えたりする。

このヒミツをもっとよく理解するために、
次のページのグラフを見てみよう。

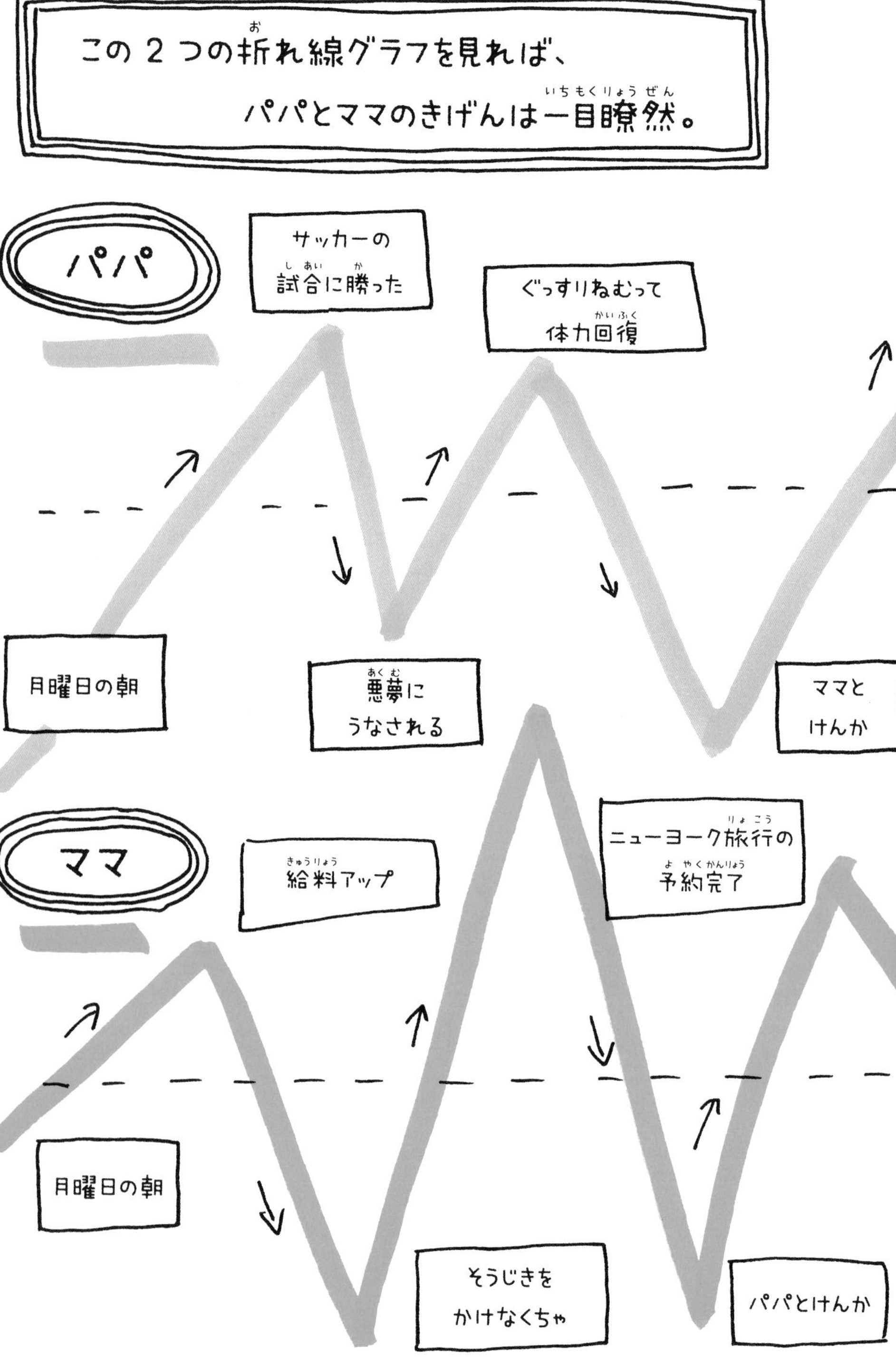

この２つの折れ線グラフを見れば、
パパとママのきげんは一目瞭然。
パパ
サッカーの
試合に勝った
ぐっすりねむって
体力回復
月曜日の朝
悪夢に
うなされる
ママと
けんか
ママ
給料アップ
ニューヨーク旅行の
予約完了
月曜日の朝
そうじきを
かけなくちゃ
パパとけんか

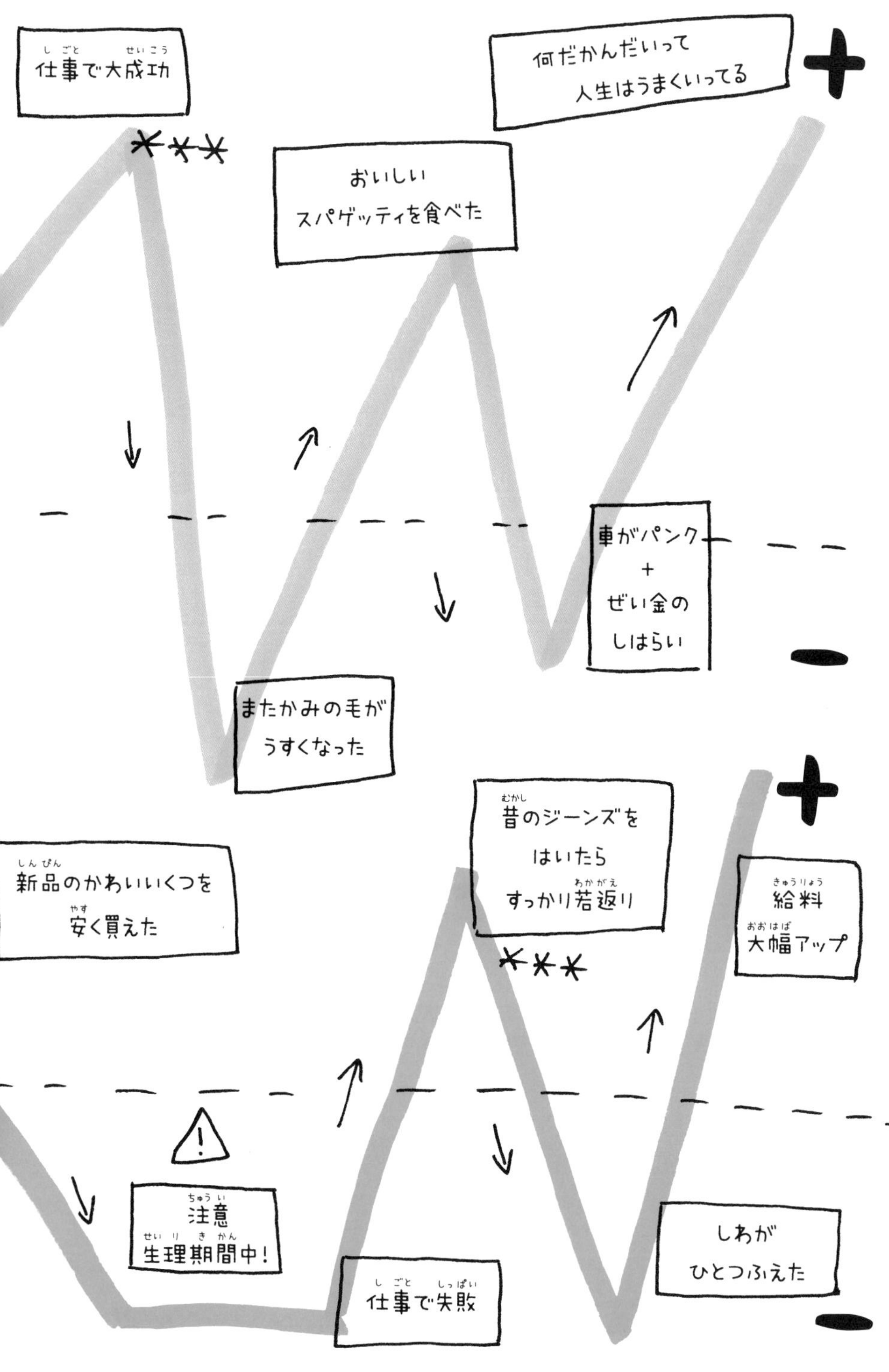
仕事で大成功
何だかんだいって
人生はうまくいってる
おいしい
スパゲッティを食べた
車がパンク
＋
ぜい金の
しはらい
またかみの毛が
うすくなった
昔のジーンズを
はいたら
すっかり若返り
新品のかわいいくつを
安く買えた
給料
大幅アップ
注意
生理期間中！
しわが
ひとつふえた
仕事で失敗

こわいよ〜！

パパとママは

キミが言うことを聞かないと、

めちゃくちゃ**おこって、**

とんでもないことを

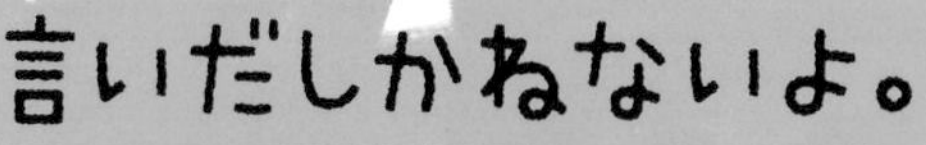

言いだしかねないよ。

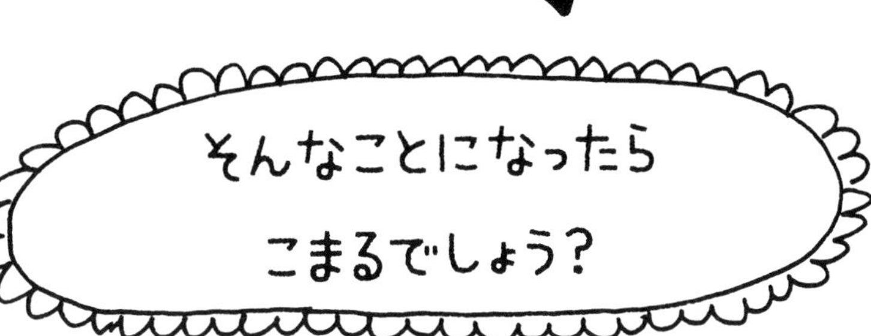

そんなことになったら
こまるでしょう？

こらあああ！

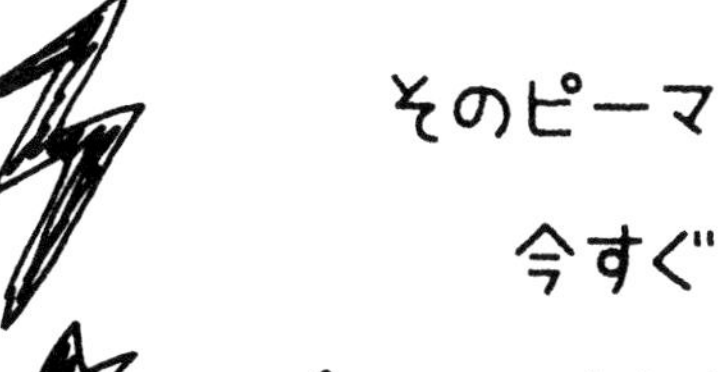

そのピーマンを

今すぐ

食べてしまわないと、

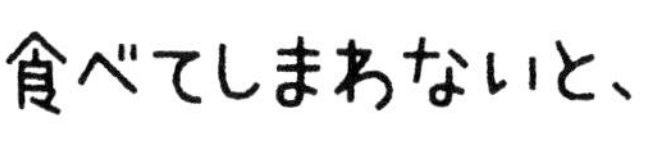

おまえを今夜

ネットオークションに

出しちゃうぞ

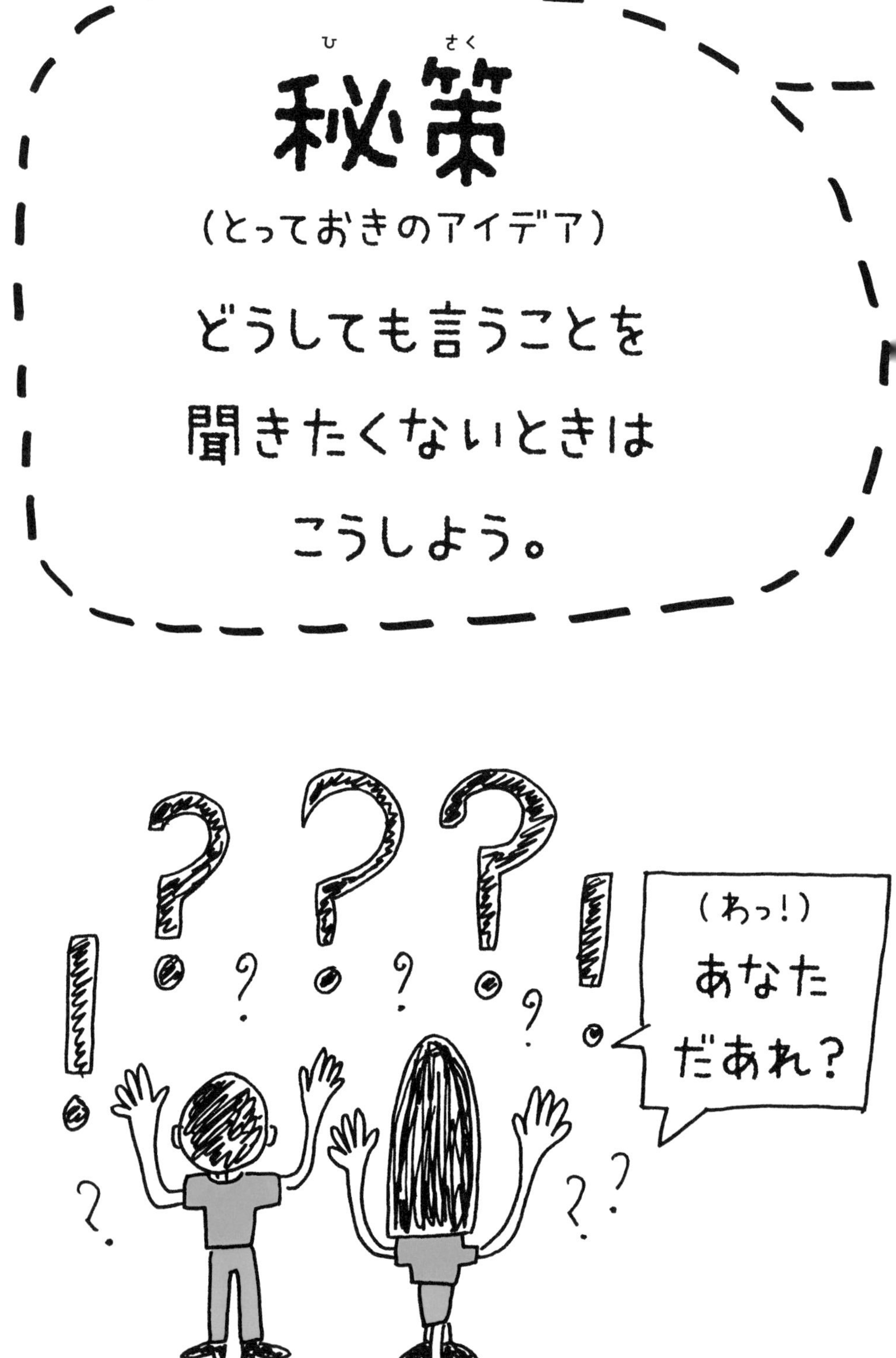
秘策(ひさく)
(とっておきのアイデア)
どうしても言うことを
聞きたくないときは
こうしよう。
(わっ!)
あなた
だあれ?

変装をして
テキトーな話をすること*。

*英語風の
アクセントを
わすれずに。

ハロー！ わたし
ハリー・ピーター
でーす。
ニューヨークから
来ました。お子さんは
世界一周旅行に
出かけました。
その間、わたしが
部屋をかりまーす。
イェイ！

ゴム製の耳

つけヒゲ

プラスチックの
巨大な手足

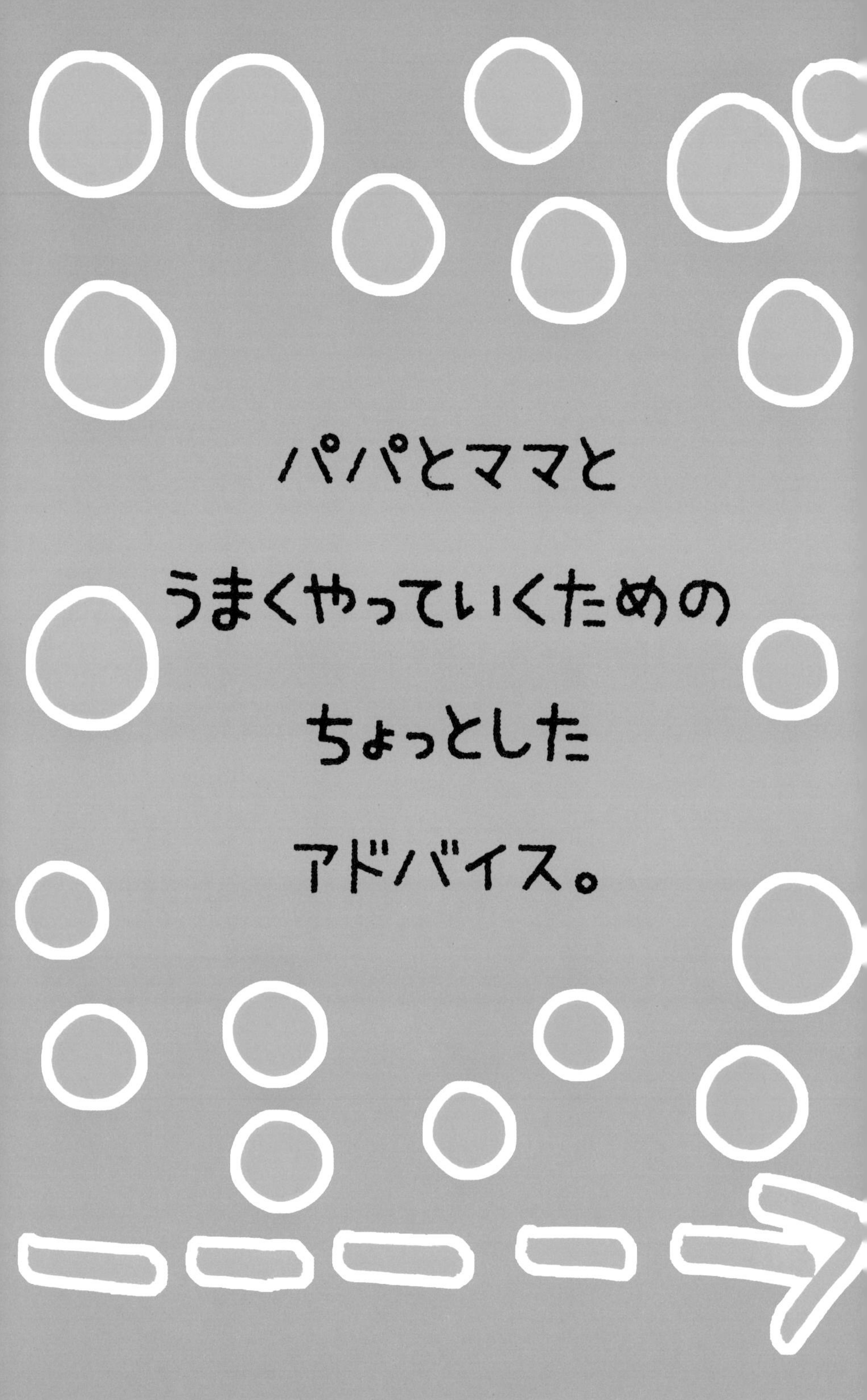
パパとママと
うまくやっていくための
ちょっとした
アドバイス。

いい例（れい）　こんなふうに言おう。

ねえ、パパとママ。
本当はイヤだけど、
おこづかいふやしてくれるなら
あげてもいいよ
何かお手つだいしようか？

わるい例（れい）　こんなことは言っちゃダメ。

10年後のキミの姿をかいたこの絵を見せて、

キミがどんどん成長していることを

パパとママにわからせてあげよう。

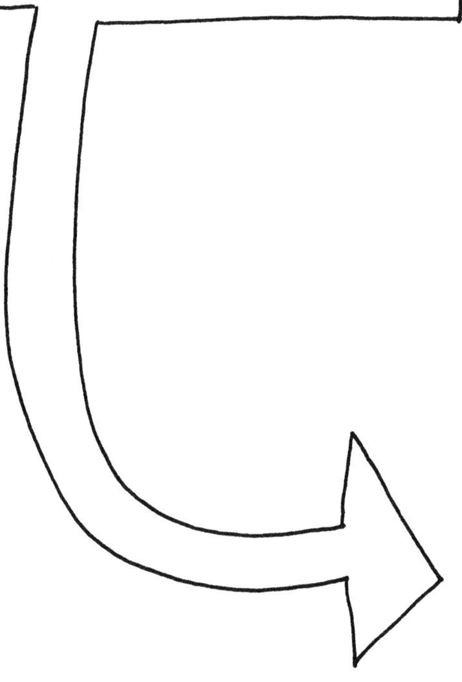

タイミングをみはからって見せようね。

じゃないと、ねこんじゃうかも。

10年後の姿

女の子の場合

男の子の場合

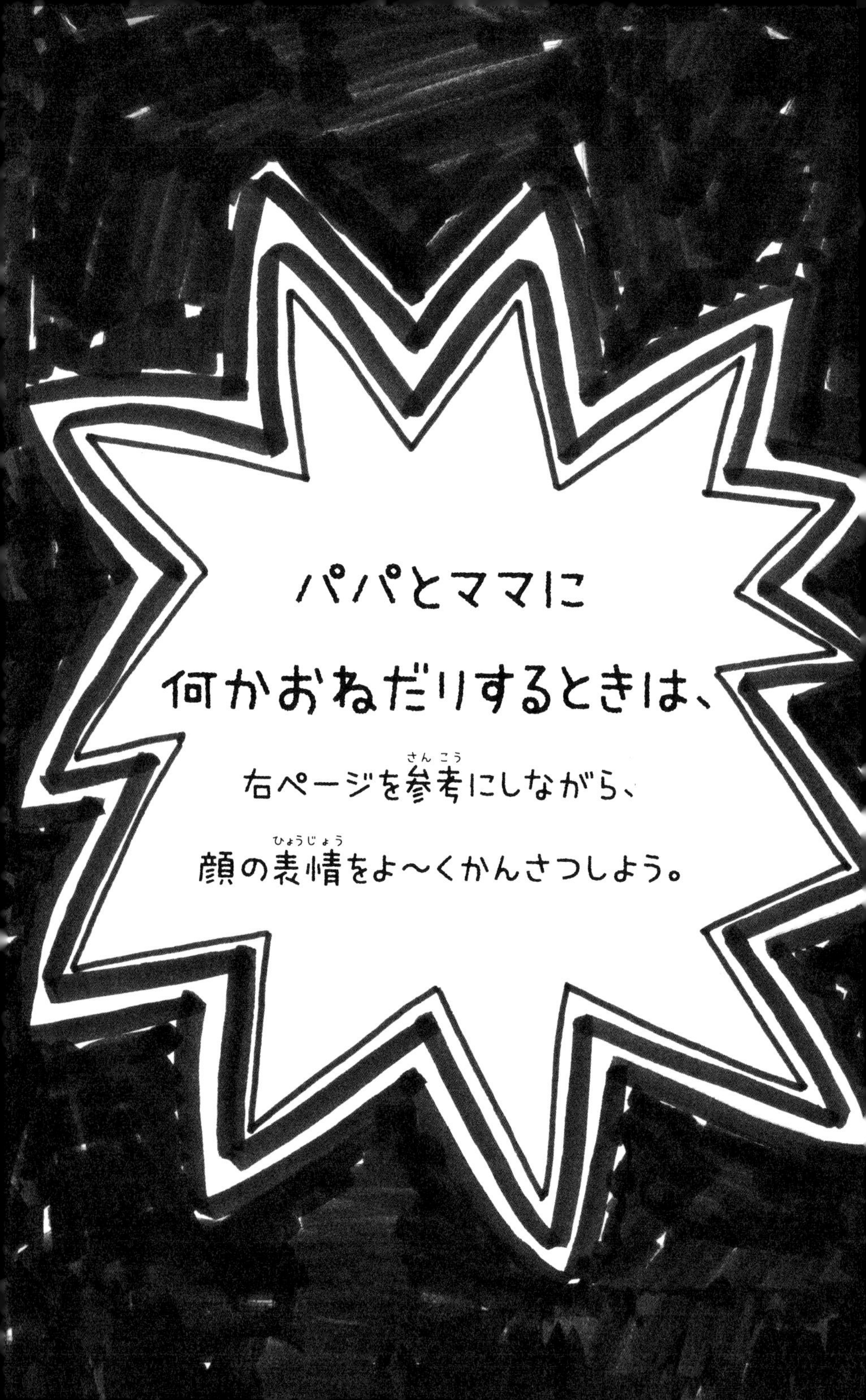
パパとママに
何かおねだりするときは、
右ページを参考にしながら、
顔の表情をよ〜くかんさつしよう。

おねだりするだけ
ムダ。

もしかしたら
ことわられるかも。

成功する
可能性あり。

今だ！
このチャンスをのがすな！

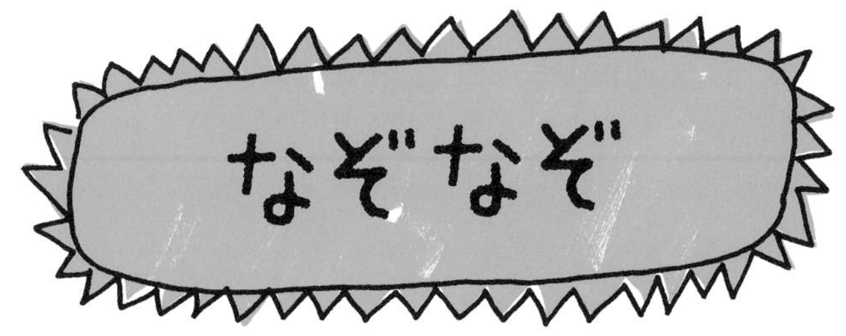

このヘンテコな人たちは

だあれ？

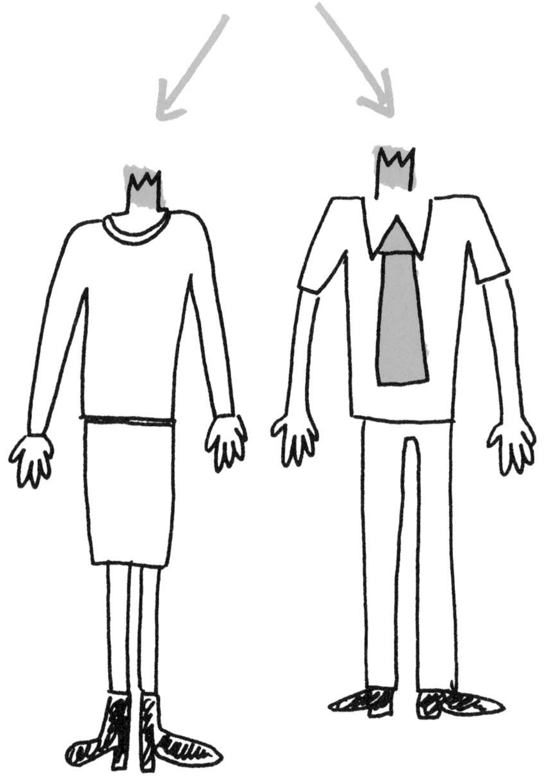

子どものことで頭が
むしゃくしゃしているパパとママ。
こんなときは決して近づかないこと。
しばらくしたら元どおりになるよ。

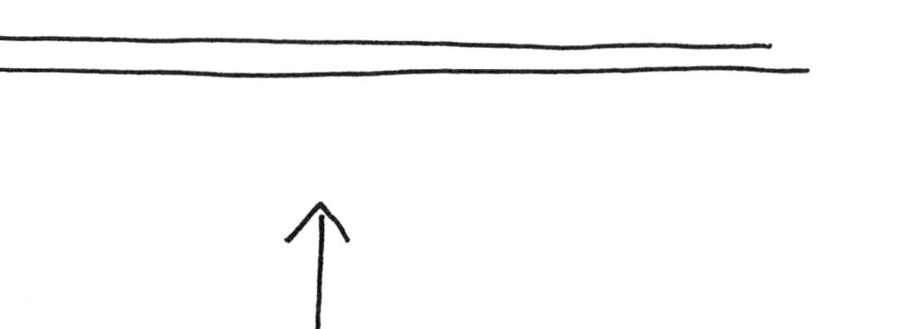

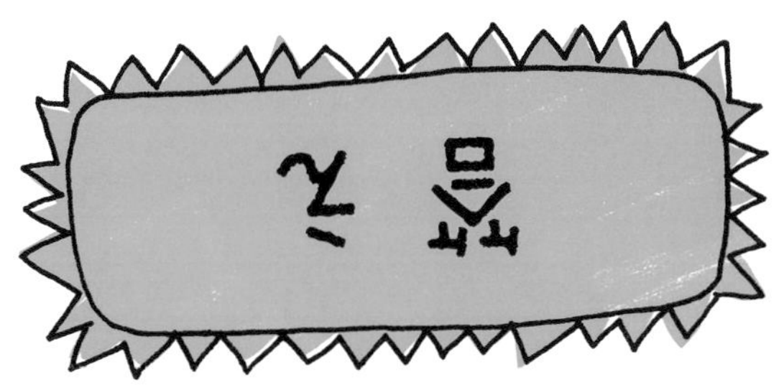

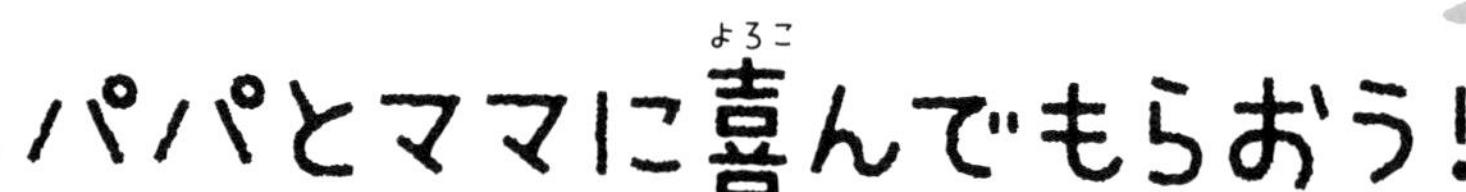

パパとママに喜(よろこ)んでもらおう！

父の日と母の日には、おもしろい

プレゼントを作ってあげるといいよ。

ファルファッレで作った

パンツ。

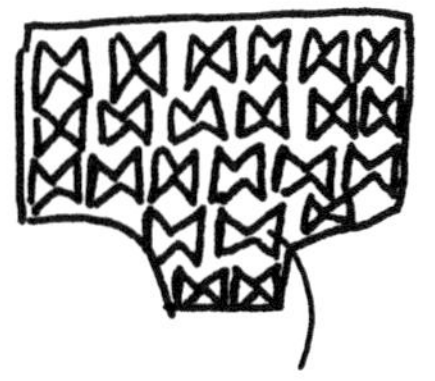

ファルファッレ

＝ちょうちょの形の

マカロニ

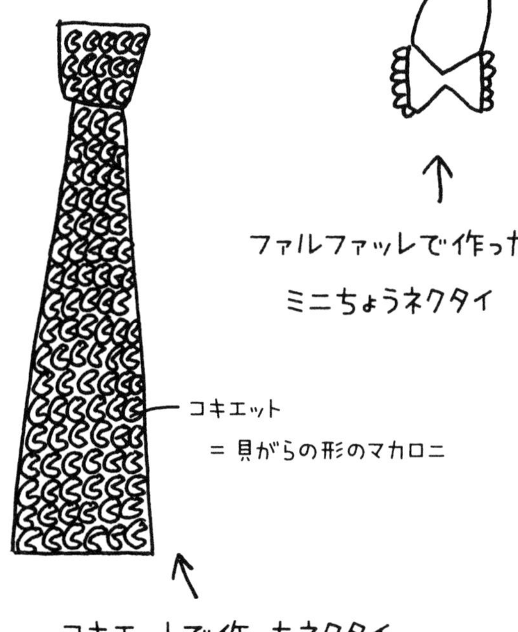

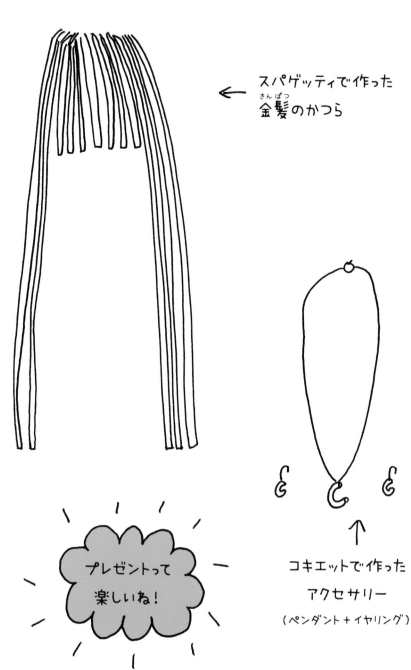

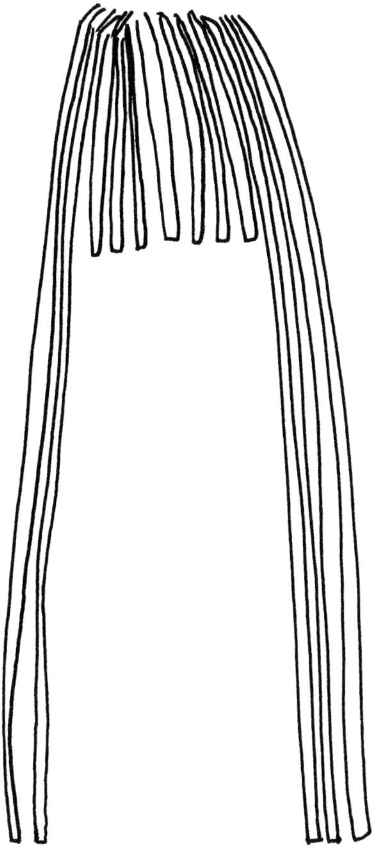

スパゲッティで作った
金髪（きんぱつ）のかつら

プレゼントって
楽しいね！

コキエットで作った
アクセサリー
（ペンダント＋イヤリング）

コミュニケーションが

アドバイスあれこれ

- パパとママとできるだけお話しよう。
- パパとママに質問(しつもん)してみよう。
- 自分の意見(いけん)や気もちをつたえよう。
- 一日にあったことを話してみよう。

カリフラワーきらい
核問題(かくもんだい)についてどう思う?
どうしてそんなこと言うの?

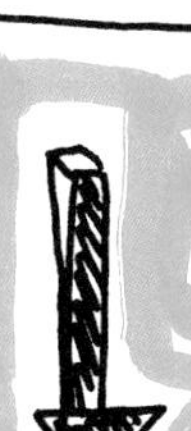

お話することで、
自分のこともよくわかるよ。

そうすれば、
だいたい何でもうまくいく！

ばんざーい！

毎日少しでもいいから

パパとママと

冗談(じょうだん)を言って笑い合おう。

パパが銀行員(ぎんこういん)という
いかにもマジメそうな仕事(しごと)
をしていても大丈夫。

父さんの銀行(ぎんこう)
倒産(とうさん)しちゃった
「父さん」だけに、
なんちゃって…

栄養バランスにうるさい

ママでも大丈夫。

おやつよ！

カルシウムたっぷりの
ドクロクッキー！

パパとママがむっつりしてたら、

足のうらを羽根でくすぐっちゃえ。

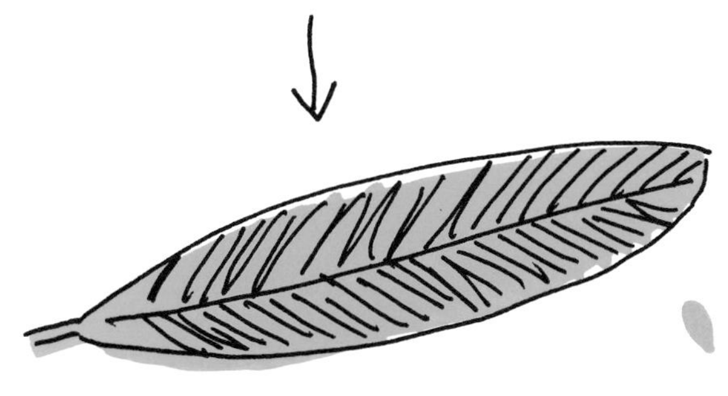

あはは
ははは

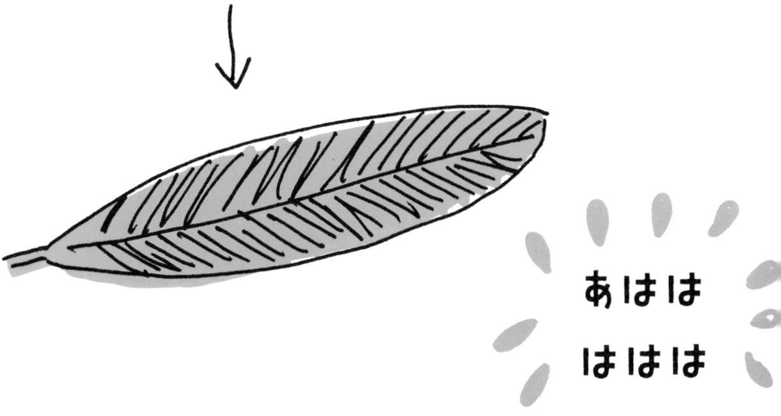

ここにパパとママの写真(しゃしん)をはろう。

↓

絵をかいてもいいよ。

スマイル！

読者のみなさんへ

もしかして、最後まで読んでくれた？

そんな必要なかったのに…。

（プールや映画に行ったほうがよっぽど楽しかったはず）

だって、どっちみちパパとママは

キミがかわいくてしかたないんだから。

そのことだけは、おぼえていてね。

（それ以外は全部わすれていいよ）

キノコにへんそうした作者。
森をおさんぽしているときに
見かけたら声をかけてね！

これでほんとにおしまい！

ああ、でもまだまだ話し足りない！

親子の関係(かんけい)って終(お)わりのないテーマなんだもの。

広い空のように

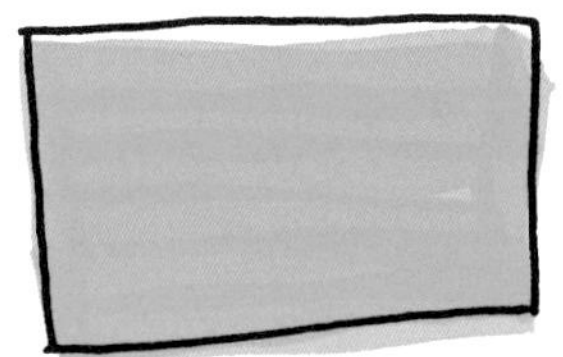

はてしない海のように

無限(むげん)の愛(あい)のように

じゃあ、またね！

PS：パパとママのことで
悩(なや)んでいる友だちがいたら、
この本のことを教えてあげてね。

パパとママの ぜんぶがわかる せつめいしょ

2021年6月25日 初版第1刷発行

著者：フランソワーズ・ブシェ（©FRANÇOIZE BOUCHER）
発行者：長瀬 聡
発行所：株式会社 グラフィック社
〒102-0073 東京都千代田区九段北1-14-17
Phone 03-3263-4318 Fax 03-3263-5297
http:www.graphicsha.co.jp
振替：00130-6-114345

日本語版制作スタッフ
翻訳：原 正人
組版・カバーデザイン：HORIdesign 堀 恭子
制作・進行：南條涼子（グラフィック社）

◎乱丁・落丁はお取り替えいたします。
◎本書掲載の図版・文章の無断掲載・借用・複写を禁じます。
◎本書のコピー、スキャン、デジタル化等の無断複製は著作権法上の例外を除き禁じられています。
◎本書を代行業者等の第三者に依頼してスキャンやデジタル化することは、たとえ個人や家庭内であっても、著作権法上認められておりません。

ISBN 978-4-7661-3496-4 C8098
Printed in Japan

Copyright 2012. by Editions Nathan, Paris-France.
Original edition: LE LIVRE QUI T'EXPLIQUE ENFIN TOUT SUR LES PARENTS !
Japanese translation rights arranged through TUTTLE-MORI AGENCY, Inc.

This Japanese edition was produced and published in Japan in 2021 by Graphic-sha Publishing Co., Ltd.
1-14-17 Kudankita, Chiyodaku, Tokyo 102-0073, Japan

Japanese translation © 2021 Graphic-sha Publishing Co., Ltd.

Japanese edition creative staff
Translation：Masato Hara
Text layout and cover design：HORIdesign Kyoko Hori
Publishing coordinator：
Ryoko Nanjo (Graphic-sha Publishing Co., Ltd.)